CATHERINE BYBEE

Casada até quarta

Noivas da Semana
LIVRO 1

Tradução
Sandra Martha Dolinsky

2ª edição
Rio de Janeiro-RJ / Campinas-SP, 2020

VERUS
EDITORA

Editora
Raïssa Castro

Coordenadora editorial
Ana Paula Gomes

Copidesque
Maria Lúcia A. Maier

Revisão
Cleide Salme

Capa, projeto gráfico e diagramação
André S. Tavares da Silva

Foto da capa
ATeam / Shutterstock (noiva)

Título original
Wife by Wednesday

ISBN: 978-85-7686-593-3

Copyright © Catherine Bybee, 2011
Todos os direitos reservados.
Edição publicada mediante acordo com Amazon Publishing, www.apub.com,
em colaboração com Sandra Bruna Agencia Literaria.

Tradução © Verus Editora, 2017
Direitos reservados em língua portuguesa, no Brasil, por Verus Editora. Nenhuma parte desta
obra pode ser reproduzida ou transmitida por qualquer forma e/ou quaisquer meios (eletrônico ou
mecânico, incluindo fotocópia e gravação) ou arquivada em qualquer sistema ou banco de dados
sem permissão escrita da editora.

Verus Editora Ltda.
Rua Benedicto Aristides Ribeiro, 41, Jd. Santa Genebra II, Campinas/SP, 13084-753
Fone/Fax: (19) 3249-0001 | www.veruseditora.com.br

CIP-BRASIL. CATALOGAÇÃO NA FONTE
SINDICATO NACIONAL DOS EDITORES DE LIVROS, RJ

B997c

Bybee, Catherine, 1968-
   Casada até quarta / Catherine Bybee ; tradução Sandra
Martha Dolinsky. -- 2. ed. -- Campinas, SP : Verus, 2020.
   23 cm.   (Noivas da Semana ; 1)

   Tradução de: Wife by Wednesday
   ISBN: 978-85-7686-593-3

   1. Ficção americana. I. Dolinsky, Sandra Martha. II. Título.
III. Série.

17-40946

CDD: 813
CDU: 821.111(73)-3

Revisado conforme o novo acordo ortográfico.

*Para meu pai, que já leu cada palavra que eu
escrevi e ainda me olha nos olhos.
Obrigada por seu apoio infinito.
Eu te amo!*

— **EU PRECISO DE UMA ESPOSA,** Carter; preciso para ontem.

No banco de trás do carro, a caminho de um Starbucks, Blake Harrison olhou para o relógio pela décima vez em uma hora.

O riso surpreso de Carter irritou até a última célula nervosa de Blake.

— Então escolha qualquer uma e se case.

O conselho despreocupado de seu melhor amigo talvez tivesse algum mérito se Blake pudesse confiar nas mulheres de sua vida. Infelizmente, não era o caso.

— E correr o risco de perder tudo? Você me conhece melhor que isso. Eu não preciso de emoções para atrapalhar algo tão importante quanto um acordo matrimonial.

Um acordo — era exatamente disso que ele precisava. Um contrato. Um negócio que beneficiasse ambas as partes durante um ano. Depois, cada um poderia seguir seu caminho e nunca mais olhar para a cara do outro.

— Algumas mulheres com quem você anda não teriam problema algum em assinar um pacto antenupcial.

Ele já tinha pensado nisso. Mas havia trabalhado arduamente para conquistar sua reputação de canalha sem sentimentos, e não precisava estragar tudo fingindo estar apaixonado para que uma mulher subisse ao altar com ele.

— Preciso de alguém que concorde com o meu plano, alguém por quem eu não sinta a mínima atração.

— Tem certeza de que esse serviço de namoro é o caminho certo?

— Compatibilidade, não namoro.

— Qual é a diferença?

— Eles não atendem aos seus interesses amorosos; atendem ao seu plano de vida.

— Que romântico. — O sarcasmo de Carter falava bem alto.

— Aparentemente, eu não sou o único nessa situação.

Carter riu e engasgou com a própria respiração.

— Na verdade — disse —, eu não conheço nenhum outro homem com o seu título e a sua riqueza que tenha contratado um estranho para lhe arranjar uma mulher.

— Esse sujeito foi muito bem recomendado. É um empresário que ajuda homens como eu em situações semelhantes.

— Qual é o nome dele?

— Sam Elliot.

— Nunca ouvi falar.

O trânsito obstruía o cruzamento a dois quarteirões de onde Blake marcara o encontro com o tal empresário. Os segundos se passavam rapidamente, ultrapassando o horário marcado. Droga, ele odiava se atrasar.

— Tenho que desligar.

— Espero que saiba o que está fazendo.

— O que eu faço é tratar de negócios, Carter.

Seu amigo bufou, em um tom desaprovador.

— Eu sei. É com relacionamentos que você estraga tudo.

— Vá se foder. — Mas Blake sabia que seu amigo estava certo.

— Você não faz o meu tipo.

O motorista de Blake deu uma guinada para poder avançar. Implacável, como seu chefe gostava.

— Vejo você à noite para tomarmos alguma coisa.

Blake desligou o telefone, guardou-o no bolso do casaco e se recostou no banco. Muito bem, estava atrasado. Homens em sua posição podiam chegar com meia hora de atraso e ainda haveria pessoas brigando para fazer parecer que era culpa delas. Muita coisa estaria em jogo nessa reunião. Dependia de Sam Elliot encontrar-lhe uma esposa antes do fim da semana, para que ele pudesse ficar com a casa ancestral que acompanhava seu título — isso para não mencionar o restante da fortuna de seu pai.

Ele realmente esperava que o contato de seu assistente pessoal soubesse do que estava falando. Caso contrário, Blake poderia ser forçado a abordar o tema casamento com Jacqueline, ou talvez com Vanessa. Jacqueline gostava mais da própria independência do que do dinheiro dele. E o fato de ela ter um amante, além dele, a tirara da corrida matrimonial. Sobrava Vanessa. Linda, loira e já quase futura ex por causa de suas indiretas sobre exclusividade. Ele não gostava da ideia de iludi-la. Era um canalha, mas nunca cruel. Algumas mulheres discordavam disso, e os tabloides o consideravam arrogante e ardiloso. Se os jornais desconfiassem do que ele estava fazendo, escreveriam sobre o assunto e o transformariam em motivo de piada. Ele queria evitar escândalos. A realidade, entretanto, era uma merda, e ele sabia que seu falso casamento precisaria parecer verdadeiro para manter os advogados de seu pai satisfeitos.

Neil parou o longo carro preto junto ao meio-fio e rapidamente abriu a porta de Blake diante do café pintado de verde e branco. Com a pasta de trabalho na mão, Blake ignorou as cabeças viradas quando entrou na loja. O rico cheiro de grãos recém-moídos invadiu suas narinas enquanto ele examinava as mesas à procura do homem que imaginava ser Sam Elliot. Blake supunha que encontraria um homem de terno, carregando uma pasta repleta de fichas de possíveis esposas.

À primeira vista não encontrou nada, então tirou os óculos escuros e recomeçou. Um jovem casal, cada um com seu notebook, bebericava seus *lattes* em uma mesinha. Em outra, um homem de bermuda e camiseta discutia com alguém ao celular. Um casal fazia pedidos no balcão, com um carrinho de bebê ao lado. Avançando um pouco mais, Blake notou a silhueta delicada de uma mulher com uma massa de cabelos ruivos encaracolados. Ela estava de costas e tamborilava com os dedos do pé ansiosamente, ou talvez estivesse ouvindo música com fones de ouvido. Com os olhos ainda espreitando a pequena multidão, Blake encontrou um homem solitário sentado em uma poltrona de veludo. Usava calça casual e parecia ter quase cinquenta anos. Em vez de uma pasta, segurava um livro. Blake estreitou os olhos e captou a atenção do sujeito. Mas, em vez de um lampejo de compreensão, o olhar sombrio do homem voltou para o livro.

Que droga. Talvez o sr. Elliot estivesse preso naquele mesmo engarrafamento.

Atrasos nunca eram um bom presságio para clientes em potencial, independentemente do negócio de que se tratasse.

Se Blake tivesse escolha, teria dado meia-volta e ido embora.

Então ele passou pela ruiva solitária, contornou o carrinho de bebê e pediu um café simples. Resignado, se sentou por alguns minutos para esperar. Colocou a pasta em uma mesa vazia e foi pegar o café quando o adolescente atrás do balcão chamou seu nome.

Blake sentiu o peso do olhar de alguém percorrer-lhe a espinha. Examinou o ambiente para ver quem o observava. Instantaneamente, um par de olhos verde-esmeralda se estreitou. A mulher delicada sentada sozinha não estava ouvindo música ou lendo uma revista. Estava encarando-o.

Seus olhos impressionantes se desviaram para um notebook antes de voltar para ele. Um lampejo de reconhecimento surgiu. Ele já tinha visto essa expressão antes, cada vez que alguém ligava seu nome a sua imagem. Ali, na Califórnia, isso não acontecia com tanta frequência quanto em casa, mas Blake conhecia a sensação.

A mulher parecia inofensiva, até que abriu a boca e falou em um tom decidido:

— Você está atrasado.

Três palavras. Bastaram três palavras, numa voz tão sexy que exalava pecado e humilharia operadoras de disque-sexo, para deixar Blake sem fala.

Ele assimilou as palavras da ruiva.

— Como?

— Você é o sr. Harrison, certo?

Era uma pergunta simples, mas Blake não a compreendeu. Respondeu no piloto automático, completamente desnorteado pela mulher à sua frente:

— Sim.

Ela se levantou, e só chegou ao ombro dele.

— Sam Elliot — se apresentou, estendendo a mão.

Não era comum Blake ficar aturdido. No entanto, com apenas meia dúzia de palavras, a mulher à sua frente o aturdira. Ele estendeu a mão para pegar a dela, e uma onda de calor o dominou. O olhar penetrante e o sorriso sagaz da jovem oscilaram com o aperto de mãos. A palma dela era fria, ainda que sua atitude estivesse totalmente sob controle.

— Você não é um homem. — Blake quis soltar um gemido. Era a coisa mais idiota que já havia dito a uma mulher em toda sua vida.

A srta. Elliot, no entanto, não se abalou.

— Nunca fui.

Enquanto retirava sua mão da dele, ela lhe ofereceu um sorriso que expôs os dentes perfeitos. Um instante depois, ele já sentia falta desse sorriso.

— Eu estava esperando um homem.

— Eu ouço muito isso. Na maioria das vezes, é uma vantagem para mim. — Ela indicou uma cadeira à sua frente. — Gostaria de se sentar para começarmos?

Ele hesitou; não tinha certeza se deveria continuar com a "entrevista" ou insistir que a mulher mudasse de gênero. Blake não se considerava machista, mas contemplar aquela mulher, que já se sentava e cruzava as pernas, vestindo calça social, desviava sua atenção do objetivo final e a atraía diretamente para ela. Sam Elliot era o epítome da contradição, e Blake ainda não sabia nada sobre ela.

Ele lhe daria dez minutos para provar que podia fazer o que ele precisava. Se ela não provasse, iria embora e exploraria outras opções.

Blake abriu o botão superior do paletó antes de se sentar.

— Sam é abreviação de Samantha?

— Sim.

Samantha não olhou para ele enquanto tirava uma pilha de papéis de uma pastinha que havia apoiado na lateral da cadeira. O breve sorriso que ela lhe dera havia desaparecido, substituído por uma linha fina entre os lábios.

— Você usa "Sam" para enganar seus clientes?

A mão dela, que empurrava a pilha de papéis na direção dele, parou.

— Você teria vindo se soubesse que eu era mulher?

Provavelmente não. Sem dizer isso em voz alta, ele a observou.

Samantha inclinou a cabeça e continuou:

— Essa é a questão, sr. Harrison. Vamos ver se eu estou lendo corretamente suas intenções. Você estabeleceu um limite de tempo para que eu prove minha capacidade. Quanto? Vinte minutos?

— Dez — ele deixou escapar sem querer. O que havia na voz sedutora daquela mulher que roubava sua capacidade de segurar a língua?

Ela sorriu de novo, e Blake sentiu um nó no estômago, um desejo súbito e indesejado.

— Dez minutos — repetiu ela. — Para lhe mostrar exatamente como planejo encontrar a esposa perfeita para seus objetivos de curto prazo. Um empresário como você espera rapidez, eficiência e nenhuma bagagem emocional para complicar as coisas.

Ela o observava, e seus olhos verdes nunca vacilavam. O nariz atrevido e sardento parecia inocente demais acima daqueles deliciosos lábios rosados enquanto ela pronunciava as palavras com sua voz sedutora, quase erótica.

— Estou certa até agora?

— Completamente.

— Mulheres são emocionais, por isso o seu assistente pesquisou sobre o meu serviço, para começar. Meu palpite é que há muitas mulheres que venderiam a alma para casar com você, sr. Harrison, mas você não confia nelas o suficiente para lhes dar o título.

Na maioria das vezes, era ele quem expressava suas necessidades. Os papéis invertidos deveriam tê-lo feito se sentir exposto. Porém, de alguma forma, ouvir Sam Elliot, que definitivamente não era um homem, explicar seu dilema não o fez se sentir assim. Ao contrário, ele estava totalmente confortável. Havia ido ao lugar certo para resolver seu problema.

— Como vou saber se posso confiar na mulher que você encontrar?

— Eu faço uma triagem entre todas as possibilidades em meu catálogo, tão rigorosamente quanto seleciono o cliente. A verificação detalhada dos antecedentes expõe pendências financeiras, hábitos pessoais e esqueletos escondidos no armário.

— Você fala como um detetive particular.

— Nem de longe. Mas posso entender por que você teve essa impressão. O que eu faço é combinar pessoas.

Blake se recostou e cruzou as mãos sobre o peito. Gostava dela, decidiu, e mentalmente acrescentou mais dez minutos a seu tempo preestabelecido.

— Podemos prosseguir?

Ele pegou seu café e assentiu.

Sam alcançou uma caneta e virou para si os papéis que havia empurrado à frente dele.

— Tenho algumas perguntas a fazer antes de permitir que o processo avance.

Blake ergueu a sobrancelha diante daquelas palavras. Interessante.

— Quanto tempo eu tenho para convencê-la, srta. Elliot?

Ela o olhou através de seus longos cílios.

— Cinco minutos.

Ele se inclinou para a frente, completamente intrigado com o que ela determinaria sobre ele nesse tempo.

— Você já foi preso?

Seus registros estavam limpos, mas a questão não era essa. Ele sabia que, se mentisse para Sam, ela recolheria suas coisas e sairia porta afora.

— Eu tinha dezessete anos, e o cara que acertei estava cantando a minha irmã. A queixa foi arquivada. — Como todas as queixas contra crianças na posição dele.

— Você já bateu em alguma mulher?

Ele apertou a mandíbula.

— Nunca.

— Já quis? — Ela lhe lançou um olhar afiado.

— Não. — Violência não combinava com sua personalidade.

— Preciso do nome do seu amigo mais próximo.

— Carter Billings.

Ela anotou o nome.

— Pior inimigo?

Ele não esperava por essa pergunta.

— Não sei como responder a isso.

— Vou reformular, então. Quem dos seus conhecidos gostaria de ver você se dar mal?

Seus pensamentos examinaram a lista de parceiros de negócios que poderiam ter se sentido prejudicados ao longo dos anos. Nenhum ficaria mais rico se ele morresse. Havia apenas uma pessoa que talvez visse as coisas de um jeito diferente.

— Que imagens surgem na sua cabeça, sr. Harrison?

Blake tomou um gole de café e o sentiu bater no fundo do estômago com um baque.

— Só uma.

Samantha ergueu os olhos para ele, aguardando a resposta.

— Meu primo, Howard Walker.

O queixo levemente contraído de Sam e os ombros que caíram de maneira quase imperceptível foram as únicas indicações do impacto de suas palavras. Para a surpresa de Blake, Samantha Elliot apenas anotou a informação e não fez mais perguntas.

Ela removeu a folha superior de sua pilha de papéis e lhe entregou as demais.

— Vou precisar que você preencha isto. Pode me mandar por e-mail, o endereço está no rodapé da página oito.

— Eu passei no seu teste, srta. Elliot?

— A sinceridade precisa ser mantida durante todo o processo. Até agora, está tudo certo para mim.

Foi a vez de Blake sorrir.

— Eu poderia ter mentido sobre a acusação de agressão.

Samantha começou a arrumar suas coisas enquanto falava:

— O nome dele era Drew Falsworth. Fazia dois meses que você tinha feito dezessete anos quando quebrou o nariz dele em um jogo de polo na escola preparatória que ambos frequentavam. Drew tinha a reputação de namorar meninas até conseguir levá-las para a cama antes de dispensá-las e passar para a próxima. Sua irmã era esperta e ficava longe. Se você não tivesse acertado o canalha para proteger a sua irmã, ou se tivesse mentido para mim e eu descobrisse, a entrevista teria terminado antes mesmo de você se sentar.

— Como é que você...

— Tenho uma extensa lista de contatos, e tenho certeza de que vai ouvir falar da maioria deles até o fim do dia.

Pode apostar. Ele ligaria para seu assistente antes de chegar ao carro.

— Quanto isso vai me custar, srta. Elliot?

— Pense em mim como uma agente. Quando o seu advogado elaborar o pacto antenupcial, tenha em mente que eu recebo vinte por cento do que oferecer à sua futura esposa.

— E se eu oferecer a ela apenas uma pequena pensão?

— As mulheres com quem eu trabalho têm um mínimo aceitável, que está escrito nessa pilha de papéis.

— E se a mulher não cumprir a parte dela no acordo? Se contestar o contrato depois de um ano?

Samantha se levantou, não dando a Blake nenhuma escolha a não ser imitá-la.

— Isso não vai acontecer.

— Você parece muito segura disso.

— A soma predeterminada, a parte dela, vai ficar em uma conta. Se a mulher tentar brigar por mais, esse dinheiro vai pagar seus advogados para silenciá-la. E o que sobrar é seu. Isso só mudaria se um filho entrasse na jogada e o teste de paternidade provasse que é seu. Eu não me meto com tribunais de família e crianças. Vai depender de você manter o zíper da calça fechado, sr. Harrison. Isso, naturalmente, se pretender terminar o casamento depois do ano acordado. Senão, divirta-se sendo feliz para sempre e dê o meu nome para a sua filha.

Ela havia pensado em tudo. Dizer que ele estava impressionado era um eufemismo.

— Preciso desses papéis até as três da tarde. Às cinco, entrarei em contato com uma lista de mulheres. Posso arranjar as reuniões para amanhã, se a sua agenda permitir.

Blake pegou a bolsa de Sam e lhe entregou. Ela afastou uma mecha de cabelo rebelde dos olhos e pendurou a alça no ombro.

— Mais alguma pergunta, sr. Harrison? Ou devo chamá-lo de "Sua Graça"?

A maneira lenta como ela pronunciou a forma de tratamento devida ao título de Blake, com sua voz hipnótica, era algo com que ele bem poderia se acostumar. Ele não se importaria de ouvi-lo novamente, ao telefone...

— Que tal Blake? — respondeu.

Assim que Sam se certificou de que não estava sendo observada, sentou diante do volante e permitiu que o sorriso do gato de Alice que sentia profundamente dentro de si se espalhasse em seu rosto. Uma indigna dancinha do Snoopy a fez balançar o traseiro no couro macio.

— Já não era sem tempo — sussurrou para si mesma.

O elegante duque era seu ingresso para a alta sociedade. Desde a fundação da Alliance, ela imaginava clientes como Blake Harrison procurando seus serviços — homens ricos que precisavam arranjar uma esposa para poder riscar o item da lista de coisas a fazer antes de morrer. Ela encontrava esposas para homens que não tinham tempo ou vontade de encarar o jogo do namoro. Eles não estavam procurando amor, apenas companhia. Alguns homens queriam uma esposa para que suas amantes parassem de cobrar compromisso. Até aquele momento, ela tinha muitas referências pessoais que a ajudavam a construir seu negócio e uma renda estável para se sustentar.

Com Harrison e seu potencial lucro estimado, ela poderia pagar sua maior despesa por uns bons dois ou três anos. Pelo menos, era o que esperava.

Milionário por esforço próprio, Harrison não precisava do dinheiro de seu falecido pai. Mas, se ele permitisse que uma fortuna suficiente para comprar um pequeno país desaparecesse na caixinha de caridade ou nas mãos do primo que Blake havia mencionado, seria uma pena. Com toda a corrupção e os escândalos associados a instituições de caridade, não era preciso dizer onde o dinheiro acabaria ou que bolsos engordaria. Sam sabia muito bem como o dinheiro de altruístas muitas vezes caía em mãos gananciosas.

16

A situação de Harrison traria obstáculos que ela nunca havia enfrentado. Seu título poderia ser o maior problema a superar. Ela teria que examinar as possíveis candidatas para ter certeza de que não tinham o sonho pueril de se tornar duquesas. Anos de contos de fadas da Disney eram difíceis de combater, e, combinados com a beleza de Harrison, as mulheres teriam que ser cegas para não querer mais dele do que seu dinheiro ou seu título.

As fotos que ela vira de Harrison não lhe faziam justiça. Ela sempre precisava olhar para cima para conversar com os homens, com seu um metro e sessenta e cinco de altura, mas Blake tinha um e oitenta e cinco em dias ruins, e seus ombros eram ondulados de músculos. Ela tinha visto fotos dele em tabloides em uma praia do Taiti, as quais sugeriam o corpo escondido sob o terno. Quando ele entrou no café, todos os olhares se voltaram para ele, mas Blake nem percebeu. Ele simplesmente perscrutou o salão procurando por ela. Com qualquer outro cliente, ela teria se levantado no segundo em que ele batera a porta atrás de si, mas, com Blake, Sam precisara de um minuto para se recompor. Seu maxilar firme e robusto e os impressionantes olhos cinzentos penetraram sua carapaça normalmente tranquila e fizeram seu coração pular.

A aparência dele poderia ser uma distração. Seria melhor para todos os envolvidos se a mulher que ele escolhesse como esposa morasse em um país, e ele, em outro. Passar muito tempo com Blake deixaria qualquer mulher com sangue nas veias tentada a ir para a cama com ele.

Sam tirou o celular da bolsa e ligou para sua assistente.

— Alliance, Eliza, pois não?

— Oi, sou eu.

— Como foi? — Eliza perguntou, sem rodeios.

— Perfeito. Você acessou os arquivos e fez as ligações?

— Sim. Joanne é a única que não está disponível no momento.

Sam pensou na morena alta.

— É mesmo? Por quê?

— Parece que está namorando.

É, isso tendia a estragar o casamento com outro homem. Sem Joanne, havia três candidatas perfeitas. A menos que Blake tivesse algum problema com mulheres bonitas, ela arrumaria uma esposa para ele até quarta-feira. E ainda era segunda.

— Azar o dela.

— Você vem para cá?

— Tenho uma coisa para fazer, depois vou.

— Traga almoço.

Eliza e Sam eram amigas havia bastante tempo, muito antes de a relação comercial entre elas decolar.

— Como sua chefe, não é você que deveria pegar o meu almoço? — brincou Sam.

— Não quando a minha patroa de tendências escravagistas não fica no escritório nem por tempo suficiente para atender o telefone.

Escritório... que piada! Sam usava o quarto extra de sua casa como sede da empresa.

Rindo, ela disse:

— Chego aí em meia hora.

— É melhor ligar para a Moonlight primeiro.

Sam se aprumou no banco.

— Por quê? Aconteceu alguma coisa?

A preocupação a fez sentir um nó no estômago, causando um familiar sentimento de pânico.

— Nada urgente. A Jordan não está comendo muito bem. Eles acham que você devia passar lá e falar com ela.

Samantha soltou um longo suspiro e forçou seus ombros a relaxarem.

— Tudo bem.

Seus planos para a tarde se complicariam tendo que ir à clínica onde sua irmã mais nova estava internada. Da última vez em que Jordan parou de se alimentar, acabou no hospital com uma infecção que se espalhou pela corrente sanguínea. Sam esperava que sua irmã só estivesse deprimida, não doente. Era triste que fossem esses os principais motivos para Jordan não estar comendo.

Mas o que mais haveria? A depressão havia levado Jordan a tentar o suicídio, o que resultara em um acidente vascular cerebral, em vez da morte.

— Eu vou me atrasar, mas, se puder esperar, eu levo o almoço.

— Me avise se for ficar presa.

— Aviso. Obrigada.

Sam desligou, deu partida no carro e rumou para a Moonlight Villas. A clínica particular custava mais de cem mil por ano, e era a razão pela qual Samantha precisava da renda que um acordo com Blake Harrison propiciaria. Ela estava um mês atrasada com suas contas pessoais e sempre entregava os cheques da Moonlight uma semana ou duas após o vencimento. A última coisa que Sam queria era desmoronar sob a pressão financeira e acabar tendo que colocar Jordan em uma clínica pública. Ela seria negligenciada nesses lugares e provavelmente acabaria com escaras e infecções incuráveis em um mês. Não; Sam seria capaz de morar no próprio carro se fosse preciso, para evitar que isso acontecesse.

Pensando no duque, Sam sabia que as coisas não acabariam assim. Ele perderia cerca de trezentos milhões de dólares da herança de seu pai se não se casasse até o fim do mês. Blake provavelmente pagaria à mulher uma bolada, portanto daria à Alliance o suficiente para quitar as contas por algum tempo. Tudo o que Sam precisava fazer era colocar as mulheres em fila e se certificar de que nenhuma delas apertasse o botão do pânico.

Fácil, fácil. Pelo menos, era o que ela esperava.

BLAKE OLHAVA AS FOTOGRAFIAS E os arquivos das três mulheres que Samantha tinha enviado. Todas eram perfeitas: cultas, refinadas e lindas. Então, por que é que haviam se registrado em uma agência de relacionamentos para encontrar um marido temporário? Tinha que existir uma ligação entre elas e a Senhorita Casamenteira, mas Blake não conseguia entender.

Candidata número 1: Candice... sem sobrenome. De acordo com a ficha, estava no segundo ano da faculdade de direito, com os típicos financiamentos estudantis. Adorava artes e passava o tempo livre correndo maratonas. Blake olhou de novo a foto. A semelhança com Jacqueline era assustadora. Samantha havia pensado em tudo. Ela até colocou as medidas e o peso das mulheres no rodapé da página. Em um texto explicativo, Sam escreveu que os serviços de encontros frequentemente usavam fotos antigas do colégio, photoshopadas, mas a Alliance atualizava suas fotos a cada seis meses.

Candidata número 2: Rita... mais uma vez, sem sobrenome. Secretária de um médico, cursando o preparatório para a faculdade de medicina. Adorava velejar e conhecer lugares exóticos. Já tinha viajado bastante, mas os documentos de Sam não diziam como ela bancava esse seu hobby.

Candidata número 3: Karen... Blake não se incomodou em procurar um sobrenome; sabia que não haveria. Karen deveria ter sido modelo. Seus deslumbrantes olhos azuis e os cabelos loiros, quase brancos, faziam qualquer homem perder o fôlego. Karen não estudava e não tinha nenhum financiamento estudantil. Ela gerenciava um tipo de casa de repouso e era orientadora infantil em um clube de meninos e meninas.

As mulheres eram perfeitas, então por que Blake tinha a profunda sensação de que eram todas erradas?

Ele se inclinou para a frente e pegou o telefone. Quando seu assistente atendeu, Blake disse:

— E aí, Mitch?

— Eu ainda tenho duas ligações sem resposta, mas encontrei algumas coisas interessantes sobre a srta. Elliot.

— Ótimo. Me traga essas informações.

Blake caminhou até as janelas de seu escritório, que iam do chão ao teto, e olhou a cidade abaixo. Dirigir sua empresa de navegação de quatro pontos do globo lhe dava vantagem sobre seus concorrentes. Ele havia começado o negócio do nada, apesar da desaprovação de seu pai. O desejo de Blake de provar ao pai que não precisava do dinheiro dele, nem do título, alimentava sua motivação. No entanto, o sobrenome Harrison havia aberto muitas portas ao longo dos anos, e abrir mão da maior parte de sua herança não era algo que ele estava disposto a fazer, especialmente porque o velho já estava morto havia muito tempo.

Mitch bateu na porta do escritório antes de entrar. Blake virou e acenou com a cabeça, indicando a mesinha no canto da sala, para ver as pastas que o assistente carregava.

— Vamos ver isso aqui.

Mitch se sentou e rapidamente estendeu os papéis para que Blake examinasse.

— Samantha Elliot, vinte e sete anos, natural de Connecticut, filha de Harris e Martha Elliot.

Blake se sentou.

— Por que esses nomes me parecem familiares?

— Porque são. Harris esteve sob os holofotes da mídia há vários anos, quando foi acusado de evasão fiscal e apropriação indébita. Ele e a família moravam em uma mansão de vinte milhões de dólares, tinham casas de férias na França e no Havaí... o pacote completo do sonho americano.

Blake se lembrou. O grande empresário de Nova York havia multiplicado seu capital através de esquemas de investimento fraudulentos. Ele emitia apólices de seguro de casas, terras, empresas e propriedades para as vítimas inocentes, sem nenhuma intenção de pagá-las. Se não lhe falhava a memória, Blake lembrava que os federais haviam tido dificuldade de prendê-lo por corrupção, e só conseguiram enquadrá-lo por sonegação de impostos. Suas contas e propriedades foram apreendidas, e sua família desmoronou.

— Martha, a esposa, não conseguiu lidar com a queda no status, tomou uma caixa de comprimidos com meio litro de gim e nunca mais acordou. — Mitch relatava os detalhes da vida familiar de Samantha Elliot como se fosse uma novela. — De acordo com a mídia, a irmã de Samantha, Jordan, tentou seguir o exemplo da mãe, mas fracassou e perdeu algumas funções cerebrais. Ainda estou aguardando os detalhes acerca de onde está a garota agora. Samantha sobreviveu à provação, mas precisou juntar os cacos da família. Ela largou a faculdade, onde estudava administração. Deve ter escondido uma pequena quantia de dinheiro, que o governo não encontrou, para cuidar da irmã. — Mitch respirou fundo e entregou a Blake uma lista de nomes.

— O que é isso?

— São pessoas com quem a srta. Elliot tem ligações. Ter crescido entre os ricos e bem relacionados resultou em algumas amizades duradouras. Os adultos romperam todos os laços com a família quando ela caiu, mas os amigos da Samantha, não. Há uma filha de senador nessa lista, e dois advogados que estão progredindo rapidamente. Eu ainda não tenho certeza de como ela descobriu sobre o seu passado, mas estou esperando uma ligação mais tarde.

Blake folheou os papéis e encontrou uma foto da família Elliot nos bons tempos. A pequena família estava a bordo de um iate. Martha era uma mulher magérrima, e suas filhas estavam ao lado dela vestindo maiô. O cabelo de Samantha estava preso em um rabo de cavalo, mas ainda conseguiu cobrir seu rosto quando a foto foi tirada. Jordan, muito mais nova que Sam, tinha os cabelos escuros e a estrutura esguia da mãe. Harris, uns bons vinte e cinco quilos acima do peso, descansava a mão no ombro da esposa e sorria para a câmera.

Fotografias podem ser enganosas. Sua mente derivou para um retrato similar de sua família. O pai de Blake estava atrás da mãe, com a mão no ombro dela. Os dedos de sua mãe estavam tensos no apoio de braço da cadeira onde ela estava sentada. Blake se lembrava do dia em que a foto havia sido tirada. Ele e o pai haviam discutido sobre Blake fazer um estágio de verão para melhorar suas notas na faculdade. Edmund se recusara a admitir que o filho trabalhasse para qualquer um, especialmente de graça. Ele acreditava que a educação era necessária para se gabar entre os amigos. Mas trabalho era algo que nenhum Harrison faria enquanto ele tivesse voz ativa na vida deles.

— E eu que pensei que a minha família é que era problemática — sussurrou Blake.

— Acho que a srta. Elliot ganha o troféu.

Engraçado... Blake não achava que valesse a pena ganhar esse troféu.

— Onde ela mora?

— Ela aluga uma casa geminada em Tarzana.

— Divide o aluguel com alguém?

— Difícil dizer.

Então, sem saber por quê, Blake perguntou:

— Tem namorado?

Mitch voltou os olhos para ele.

— Não procurei saber, mas vou fazer isso.

Nesse momento, o telefone no bolso de Mitch tocou. Ele o pegou e olhou o número.

— É a respeito da irmã — explicou, antes de atender a ligação.

Mitch conversava enquanto Blake estudava os nomes no papel em suas mãos. Samantha tinha muitos amigos. Ele se perguntava se algum deles a ajudava financeiramente.

Mitch assobiou ao telefone, chamando a atenção de Blake.

— Tudo bem, obrigado — ele disse antes de desligar.

— Que foi?

— A srta. Elliot realmente precisa fechar o negócio com você.

— Sério? Por quê?

— A irmã dela é paciente da Moonlight Villas. Belo nome para uma clínica chique para adultos na condição dela. Todo ano o local apresenta uma conta de seis dígitos.

Blake sentiu os olhos se apertarem.

— E ninguém ajuda a srta. Elliot com isso?

Mitch sacudiu a cabeça.

— Ninguém que eu tenha encontrado. Os amigos podem lhe dar conselhos, mas não há fluxo de dinheiro vindo de lugar nenhum, exceto da empresa dela.

Uma empresa sobre a qual Blake já havia pesquisado e sabia tudo.

— Interessante.

— Então, como ela é? — foi a primeira pergunta pessoal que Mitch fez.

Blake pensou na pele de alabastro e nos traços definidos de sua mandíbula. E aquela voz... Caramba, só de pensar nisso ele queria falar com ela de novo.

— Ela é totalmente profissional — ele disse a seu assistente. — Você ia gostar dela.

～༺✦༻～

Ela gostava de estar no controle. Assim, quando Blake Harrison insistira em um jantar para discutir as possíveis candidatas a esposa, Samantha começara a analisar potenciais cenários.

Talvez ele houvesse reconhecido uma das mulheres ou atribuído um sobrenome a um rosto. Ela omitia propositalmente os sobrenomes, para que seus clientes avaliassem o mérito das candidatas por seus atributos, e não por suas famílias. Sam sabia muito bem como as pessoas a julgavam pelas atitudes de seus pais. Depois da derrocada deles, ela pensara em trocar de nome e até de cor de cabelo. No fim, resolveu se mudar para a costa Oeste e evitar a mídia. A atenção dos tabloides durou pouco. Assim que um novo escândalo entrou em cena, o dela foi esquecido. Viver perto de Hollywood fazia com que os holofotes constantemente se voltassem para alguém. Assim, seu rosto não saía nos jornais desde o funeral de sua mãe.

Talvez, se Samantha fosse uma beldade que fizesse de tudo para aparecer, os jornais a houvessem seguido. Mas se esquivar dos repórteres se provou tarefa fácil quando ela começou a se vestir como uma virgem.

Muito bem, sobre o que Harrison queria falar? Talvez ele já tivesse conversado com seu advogado e precisasse de detalhes que os documentos de Sam não forneciam. Ela pensara em todas as brechas possíveis quando abrira sua empresa. Sempre pagava seus impostos — *obrigada, papai* — e era discreta em relação a seus contatos. Nada que ela fazia, como investigações particulares ou checagem de antecedentes, era ilegal. Ela procurava obter informações especialmente com mulheres. Sam não era ingênua a ponto de acreditar que elas não eram capazes de atos ilegais, mas tinha dificuldade de confiar nos homens. Não havia muitos em sua vida que não a tivessem decepcionado. Na verdade, ela não conseguia pensar em nenhum.

O sol ainda brilhava quando ela entrou no estacionamento do mais caro restaurante à beira-mar em Malibu. Sem conseguir evitar que o manobrista estacionasse seu carro, Sam deixou seu sedã compacto ligado e desceu. Agradeceu ao homem e o observou pegar o volante, apenas para estacionar a poucos metros de distância. Seu Chevrolet parecia completamente deslocado entre todos os Lexus, Mercedes e Cadillacs.

Samantha entrou no fresco restaurante e deixou que o cheiro de alho e ervas tomasse seus sentidos e lhe provocasse água na boca. A última vez que jantara em um restaurante cinco estrelas fora no ano anterior, com uma de suas clientes, então casada e feliz. Sam havia desistido dos jantares elegantes e da vida opulenta havia muito tempo. Mas de algumas coisas sentia saudades. Comer algo diferente de comida congelada ou de delivery estava no topo da lista.

Antes que Samantha tivesse oportunidade de se aproximar da hostess, um homem a abordou:

— Srta. Elliot?

Estranho, ele não parecia vestir o uniforme dos funcionários. Talvez fosse o gerente.

25

— Sim?

— O sr. Harrison a espera.

Deve ser o gerente. Samantha seguiu o homem bem-vestido restaurante adentro até uma mesa isolada com vista para o Pacífico. Blake Harrison se levantou quando ela se aproximou. Como antes, os traços esculpidos dele e a maneira como seu corpo preenchia o terno de grife provocaram um arrepio em Sam. Ele dominava o espaço com sua simples presença.

Os olhos de Harrisson a examinaram, e um pequeno sorriso ergueu o canto de seus lábios. Ela usava um vestido simples, não muito casual, mas certamente nada digno do Oscar. A expressão no rosto de Blake dizia que ele havia aprovado. Não que ela se vestisse para receber a aprovação dele, mas não queria parecer inadequada sentada ao seu lado. Seus olhos se encontraram, e ela sentiu uma corrente abrasadora deslizar por sua espinha.

— Você está atrasada — disse ele, provocando-a.

Ela abriu a boca, fazendo sua melhor personificação de um peixinho, e em seguida a fechou.

— *Touché.*

Ele sorriu.

— Tomei a liberdade de pedir uma garrafa de vinho. Espero que não se importe.

Blake esperou até que ela se sentasse antes de pegar o vinho no balde de gelo a seu lado.

Ela o observou derramar o líquido pálido em uma taça e se esforçou para não o encarar.

— Estamos comemorando alguma coisa?

— Talvez — disse ele enquanto inclinava a garrafa sobre a própria taça.

Sam queria perguntar logo que candidata ele havia aprovado. Mas, claro, ele não havia conhecido as mulheres ainda, de modo que ela sinceramente duvidava de que já tivesse escolhido uma.

Blake ergueu a taça e esperou até que ela se juntasse a ele no brinde.

— A uma relação comercial bem-sucedida.

Um arrepio de incerteza passou por sua mão quando ela pegou a taça de vinho. O modo como Blake dissera "relação" não soara bem. Depois de bater sua taça na dele e provar um gole, Samantha colocou as mãos no colo para esconder o leve tremor que traía seus sentimentos.

— Espero que não tenha pegado trânsito.

Tudo bem, eles não começariam aquela conversa falando de negócios, como ela pretendia. Em vez de forçar, ela permitiu que a conversa continuasse, em um tom casual.

— A Pacific Coast Highway é sempre difícil de atravessar na hora do jantar.

— Obrigado por concordar em me encontrar aqui.

— Fiquei surpresa por você escolher este lugar. Acho que um jantar de negócios seria mais apropriado em um lugar menos formal. — *Menos romântico*, ela queria acrescentar.

Blake relaxou em sua cadeira. Suas feições pecaminosamente bonitas tornavam quase impossível para ela se concentrar na razão pela qual estava sentada diante dele. Era muito fácil se perder em seus incríveis olhos cinza e no calor de seu sorriso.

— É contra a minha natureza convidar uma linda mulher para ir a um bar tomar um drinque.

Oh-oh, hora de mudar o rumo das coisas. Samantha sabia que não era linda — talvez atraente, mas o tipo de beleza que atraía esse homem estava longe do seu perfil.

— Você é encantador, sr. Harrison, mas está desperdiçando seu charme comigo. Imagino que teve a oportunidade de ver os arquivos que a minha assistente lhe enviou.

Ele estreitou os olhos, mas não disse uma palavra. Samantha engoliu em seco e apertou as mãos no colo. Em vez de evitar seus olhos, ela os encontrou diretamente e manteve os lábios selados.

Foi o tempo de um garçom se aproximar da mesa para a tensão se quebrar. O rapaz, na casa dos vinte anos, detalhou os especiais do chef enquanto Samantha pegava o cardápio. Blake era seu cliente, e a etiqueta determinava que ela pagasse a conta, mesmo que o restaurante estivesse fora do seu orçamento. Escolheu um filé de peixe e uma salada, e fez seu melhor para ignorar os preços do menu. Pagaria com cartão de crédito e torceria para que o cheque do sr. Harrison caísse antes de a fatura vencer.

Quando ficaram sozinhos, ele perguntou:

— Me diga, Samantha, por que eu estaria desperdiçando meu charme com você?

Ele pronunciou o nome dela como uma carícia de amante, suave e sedosa. Ela notou um leve sotaque inglês. Um sotaque que ela pensara que seria pesado, por causa do título dele.

— Estamos aqui para discutir seu futuro casamento com uma das três mulheres que lhe apresentei — recordou ela. — Não sei como gastar seu charme comigo pode lhe propiciar alguma vantagem.

— Tudo tem que ter uma vantagem?

— Nos negócios, sim. — No mundo dela, pelo menos.

— E na sua vida pessoal?

Ele se inclinou para a frente, seu blazer se abriu, e ela notou pela primeira vez que ele não estava usando gravata. Os dois primeiros botões da camisa estavam abertos, e sua pele bronzeada chamou a atenção de Samantha.

— Não estamos aqui para discutir minha vida pessoal.

— Eu não teria tanta certeza. Seu resumo da minha vida esta manhã me levou a fazer algumas investigações também.

Samantha se preparou para o julgamento. Ela nunca tentara esconder seu passado, mas sempre havia a chance de perder um cliente por causa dos pecados de seu pai.

— Não é preciso cavar muito fundo para desvendar meu passado, sr. Harrison.

— Achei que estava decidido que você me chamaria de Blake.

Tratamento informal e conversa sobre relacionamentos. A coisa não estava indo bem. Samantha molhou a garganta com um pouco mais de vinho, de repente desejando que fosse algo mais forte.

— Meu pai é um homem horrível. Minha mãe foi uma covarde. Nenhum deles reflete quem eu sou ou como cuido dos meus negócios, *Blake.*

— Eu não insinuei o contrário.

Ela odiou o tom defensivo de sua própria voz e o olhar fugaz de piedade no rosto de Blake.

— Você omitiu deliberadamente o sobrenome das mulheres. Por quê?

Ótimo. De volta aos negócios.

— Eu não sou a única cujos pais obscureceram a percepção das pessoas. Percebo que a família pode representar um problema para qualquer relacionamento, mesmo sendo uma relação comercial. Começar com informações sobre as próprias mulheres ajuda a manter abertas as possibilidades.

— Todas as mulheres vivem da fortuna dos pais ou são filhas de criminosos condenados?

— Longe disso. As três romperam os laços familiares, pelo menos financeiramente. Por isso estão procurando segurança, não amor.

Blake deslizou o dedo pelo pé da taça. Ela observava seus movimentos, e se perguntou brevemente como seria ter as mãos dele em sua pele, correndo por seus braços, suas coxas. Um calor subiu por seu pescoço, e ela desviou o olhar.

— Eu posso lhe dar os sobrenomes, se quiser. Se isso vai pesar em sua decisão, é melhor que você saiba.

— Não é necessário. Eu já escolhi a mulher com quem vou fechar o contrato.

Samantha voltou subitamente a cabeça na direção dele, bem no momento em que o garçom chegava com as saladas. Ela segurou a língua enquanto o rapaz moía pimenta-do-reino sobre o prato e enchia as taças de vinho.

A expectativa a corroía. Quem ele havia escolhido e por quê? Como poderia decidir oferecer casamento a uma pessoa sem nem a conhecer? Isso era demais, até mesmo para o nobre milionário sentado à sua frente. Mas talvez não fosse. O que ela sabia sobre Blake Harrison, afinal? Ele gostava de mulheres magras, com peitões e pernas quilométricas. Ela não havia encontrado uma única foto do homem sem uma modelo a tiracolo. Daí a razão pela qual Samantha escolhera as três mulheres mais bonitas de seu caderninho preto — na verdade, de seu notebook preto. Mesmo assim, como um homem podia escolher baseado em três fotos?

— Você não quer conhecê-las primeiro?

De repente, pensar que ele estava escolhendo uma esposa por meio de uma fotografia pareceu tão superficial, até mesmo para ela. Os homens ficavam tão facilmente balançados por um rosto bonito? A resposta era curta: sim. Samantha sabia que Blake Harrison possivelmente era tão superficial quanto o próximo cliente, mas a decepção pairou sobre ela ao comprovar esse fato com as atitudes dele.

— As mulheres das fotos?

Sam assentiu, confusa.

— Claro, essas mulheres.

— Não. — Ele pegou o garfo e levou à boca.

Não? Ah, merda. Ele decidiu se casar com outra pessoa. As cifras que ela vira desde a primeira menção ao nome de Blake começaram a sumir de vista.

— Encontrou alguém que concordou em se casar com você?

— Ela não concordou. Bem, ainda não. — E deu outra garfada, casual e no controle da situação.

Se ele não ia usar seus serviços, por que raios ela estava ali?

— Então a Alliance era um plano B?

Talvez ele não a dispensasse ainda. Homens como ele não faziam as coisas sem um motivo.

— Não exatamente.

Samantha soltou o garfo e o olhou fixamente.

— Desculpe, sr. Harrison, mas estou confusa. Hoje de manhã, você estava procurando uma mulher para atender às suas necessidades comerciais. Alguma coisa mudou nas últimas horas? Ou está insatisfeito com as mulheres que lhe apresentei?

Blake desistiu de fingir que estava comendo e descansou as mãos em cima da mesa, ao lado do prato.

— As mulheres que você escolheu são perfeitas. Perfeitas demais. O tempo que tenho para escolher uma esposa é curto. Conhecer cada uma dessas mulheres encantadoras antes de tomar uma decisão é um luxo a que não posso me permitir.

Ele levou a mão para baixo da mesa e pegou uma pasta que ela não tinha visto. Tirou um envelope e o deslizou pela mesa.

— O que é isso?

— O acordo que o meu advogado e eu redigimos hoje à tarde.

Ela estava louca para abrir o envelope, mas apoiou a mão sobre ele.

— Que acordo?

Blake fixou seus olhos cinzentos nos dela.

— Estou oferecendo um contrato de casamento para *você*.

O coração de Samantha bateu audivelmente.

— Eu não estou no menu, sr. Harrison.

Ela empurrou os papéis de volta para ele. Blake pegou a mão dela e a segurou firmemente. O choque que ela sentiu, como quando o vira pela primeira vez, desceu até os dedos dos pés e subiu de novo. O batuque constante de seu coração começou a aumentar, e um arrepio se espalhou por seus braços nus. O corpo inteiro de Sam formigava, e a única parte em que ele a tocara fora na mão.

— Todo mundo tem um preço, Samantha.

— Eu não.

Ela tentou se afastar, mas ele apertou-lhe os dedos para impedir.

— Estou criando um fundo fiduciário para cuidar da Jordan para sempre. Mesmo se algo acontecesse com você, ela continuaria recebendo cuidados.

Sam abriu a boca com aquele olhar de peixe de novo. A explosão de uma bomba não a teria chocado tanto. Blake tinha feito a lição de casa, sabia de sua irmã e das necessidades dela.

— Minha irmã tem só vinte e dois anos. Ela pode viver até os cem.

Não era provável, segundo os médicos, mas também não havia provas de que ela morreria jovem.

— E cuidar dela lhe custa cento e seis mil dólares por ano. Essas despesas só vão aumentar.

Ele afrouxou o aperto na mão de Sam, mas ela não a afastou.

— Você está disposto a me pagar mais de oito milhões de dólares para eu ser sua esposa durante um ano?

— Mais vinte por cento. Essa é a sua taxa, certo?

Samantha assentiu lentamente, depois balançou a cabeça.

— Por que eu?

— Por que *não* você?

Ele começou a movimentar o polegar sobre a mão de Sam, mas ela ainda estava atordoada demais para se mexer.

— Eu não sou seu tipo.

— Meu tipo?

— Alta, loira e linda.

Ele riu, e a risada a fez cair na real. Aquilo era um negócio, afinal, nada mais, nada menos. Blake tinha virado a mão dela e esfregava a parte interna de seu pulso, formando círculos suaves. Tudo bem, talvez um contrato de casamento fosse um pouco mais que um negócio.

Ela afastou a mão.

— Como seria um casamento com você?

— Sua vida não teria que mudar — disse ele enquanto levava o vinho aos lábios. — Uma viagem rápida a um juiz de paz, talvez em Las Vegas. Teríamos que fazer algumas aparições nos primeiros meses para satisfazer os advogados que o meu pai contratou antes de morrer, e o meu primo, que vai sair ganhando se a coisa não funcionar. Eu passo metade do tempo na Inglaterra e metade aqui, em Malibu. Portanto, não vamos limitar o dia a dia um do outro.

— Por que não encontrar uma esposa na Europa?

— Para desviar dos olhos implacáveis da mídia europeia. Os Estados Unidos não têm tabloides dedicados a reis e rainhas, duques e duquesas. O meu casamento vai deixar de ser novidade rapidamente por aqui.

O testamento do pai de Blake estipulava que ele tinha que se casar e se estabelecer até seu aniversário de trinta e seis anos para herdar a fortuna e o título do falecido duque. Depois de muita discussão, os advogados determinaram que, após um ano de casamento, a herança seria liberada e quaisquer restrições legais seriam anuladas. Era o que os contatos de Samantha em Londres lhe haviam dito.

— Que tipo de aparições?

— Uma pequena recepção e algumas aparições em público. Eu precisaria que você fosse comigo para Londres para assinar os documentos em relação ao meu título... *nossos* títulos.

Ela engoliu em seco. Havia esquecido o lance de ser duquesa.

— Eu não faço ideia do que seja ser uma duquesa.

Blake ergueu o garfo e começou a comer de novo.

— Eu nunca tive uma, de modo que também não sei muito bem.

Samantha não pôde deixar de rir.

— Isso é loucura.

— Estou surpreso por você pensar assim. O arranjo faz todo o sentido para mim.

O garçom voltou com os pratos e saiu rapidamente.

Samantha se lembrou do conselho que havia dado a Blake no início do dia. *Vai depender de você manter o zíper da calça fechado, sr. Harrison.* Talvez ele a houvesse escolhido porque, com ela, seria fácil manter distância da cama. Isso fazia todo o sentido. Talvez ele tivesse visto as fotos das mulheres que ela escolhera e as achara perfeitamente "comíveis".

— Qual é o problema? — perguntou Blake.

Ela precisava melhorar sua cara de paisagem.

— Nada. Eu... É muita coisa para pensar. Eu não esperava essa proposta.

— Mas está considerando a possibilidade.

— Eu seria uma tola se não considerasse.

— Você não me parece uma tola. — Com um brilho nos olhos, ele comeu um pedaço da costela que havia pedido.

Não, ela não era tola.

— Vou analisar seu contrato amanhã.

— Excelente.

3

O AVIÃO ALCANÇOU A ALTITUDE de cruzeiro e o piloto avisou que podiam soltar o cinto de segurança durante o voo de quarenta e cinco minutos para Las Vegas.

Samantha falou muito pouco desde que embarcaram. Depois que concordara em ser esposa de Blake por um ano, ele levara a cabo os planos de se casarem em uma capela na Cidade do Pecado. Acreditava que um casamento aparentemente romântico em Las Vegas pareceria mais legítimo para os advogados da Parker & Parker que uma ida ao cartório.

Blake soltou o cinto de segurança e aproveitou a liberdade. Andou pela cabine de seu jatinho particular e abriu uma garrafa de champanhe. Quando olhou para sua noiva, notou que ela retorcia as mãos no colo. Engraçado... era ele quem tinha tudo a perder, mas era ela quem estava inquieta.

— Tome, talvez isso ajude. — Ele lhe entregou uma taça alta e se sentou diante dela, na enorme e macia poltrona de couro.

— Sou tão óbvia assim?

— Os nós dos dedos brancos te denunciaram.

Samantha bebeu metade do champanhe de um gole só.

— Eu nunca quis ser atriz.

— Aposto que os estúdios pagariam uma nota preta para você fazer dublagens.

Ela deu de ombros.

— Se eu ganhasse um dólar a cada vez que ouço isso...

Ele podia imaginar.

— Você tem uma voz incrível.

Samantha desviou os olhos dos dele, e suas bochechas começaram a ganhar um brilho rosado.

— Acho que essa coisa de casamento vai funcionar melhor se não acharmos nada *incrível* no outro. Não é nada pessoal...

— Talvez você tenha razão, mas nós dois concordamos em ser honestos. E a sua voz é sexy pra caramba.

Valia a pena mostrar as cartas só para vê-la se contorcer diante do elogio. Ela estava completamente corada, e nada menos que adorável.

Em um segundo, a taça de Sam estava vazia de novo.

— Não sei se devo agradecer ou te encorajar a ser menos superficial.

— Essa doeu.

— Você queria sinceridade...

Ele a observou tirar os sapatos de salto e dobrar as pernas sob o assento. Um pouco de cor começou a voltar a suas mãos. Obviamente, insultá-lo a deixava à vontade. Ele não sabia como interpretar isso.

— A única pessoa que já me chamou de superficial foi o Carter.

— Seu melhor amigo?

— Meu *único* amigo.

— É mesmo? Pensei que um homem com a sua riqueza teria um séquito de amigos.

— O dinheiro traz pessoas, não amigos — disse ele.

— Sem dúvida. Imagino que o Carter saiba sobre nós dois. Sobre o nosso arranjo.

— Sim, ele sabe.

— E as suas namoradas? Elas sabem?

Agora foi a vez dele de se contorcer. Ainda que o casamento fosse uma farsa, falar sobre suas amantes com sua esposa não parecia certo.

— Contar para as minhas *namoradas*, como você disse, seria o equivalente a chamar o *Inquisitor* e dar uma entrevista de página inteira.

— Blake terminou sua bebida e se levantou para encher de novo as taças.

— Você não confia nelas?

— Não em relação a esse assunto.

— Como os homens conseguem fazer isso?

— O quê?

— Transar com mulheres em quem não confiam. — Samantha agradeceu pelo champanhe e bebeu lentamente dessa vez.

— Isso se chama atração.

Rindo, ela disse:

— Isso se chama tesão.

— Também.

Blake sentiu as entranhas começarem a se aquecer. Quando fora a última vez que conversara com uma mulher sobre as motivações dos homens? Nunca. Mas descobriu que gostava.

— Então, o que você disse para as suas... Como você chama as mulheres da sua vida? Amantes?

O título de amante começou a lhe parecer muito pessoal.

— Ainda não contei nada a elas.

Ela ergueu as sobrancelhas bem cuidadas.

— Eu gostaria de ser uma mosca quando você disser: "Ah, querida, aliás, eu me casei no fim de semana". — Samantha riu da própria piada.

— Acho que não vou contar desse jeito. — Ele não sabia bem como lhes daria a notícia, e, sinceramente, não havia sequer pensado nisso.

— Você percebe que corre o risco de perder as duas, não é?

— Como você sabe que existem duas? — Mas então balançou a cabeça e ergueu a mão: — Deixa pra lá. Esqueci sobre a sua investigação intensiva. Não precisa se preocupar. Você nunca vai conhecer nenhuma delas.

Samantha levou a mão ao peito e sorriu.

— Superficial e um tanto quanto ingênuo.

Meu Deus, lá estava ela rotulando-o de novo.

— Como é?

— Se nós dois estivéssemos saindo e você de repente se casasse com outra, embora eu me odiasse por isso, arranjaria um jeito de conhecer a mulher para ver o que ela tinha e eu não. Mulheres são criaturas emocionais, sr. Har... Blake. Eu posso até lutar contra esse traço característico do gênero, mas não consigo controlar certos impulsos. Duvido muito que a Vanessa e a Jackie...

— Jacqueline — corrigiu ele.

— Perdão. *Jacqueline.* Duvido que elas sejam diferentes. Qual delas tem mais chance de ficar com o coração partido?

Essa coisa de sinceridade estava indo longe demais. Mesmo que a incursão casual por sua vida pessoal não causasse mal-estar à sua noiva, ele não se sentia confortável. Samantha havia se sentado em cima dos pés e, pela primeira vez desde que se conheceram, estava descontraída. O sorriso em seu rosto não parecia forçado, e em seus olhos verdes brilhava uma faísca de malícia. Ele teria gostado de deixá-la nesse estado de espírito fazendo algo diferente de discutir sobre suas antigas amantes.

E era isto o que elas eram: antigas amantes. Ele pensou por um momento no que Vanessa e Jacqueline diriam quando soubessem de seu casamento. Vanessa provavelmente daria um tapa nele e iria embora. Jacqueline não seria tão dramática, mas continuar o relacionamento com ela seria arriscado.

— As duas sabiam uma da outra.

— Mas qual das duas queria mais?

— Não acredito que a minha noiva está me fazendo essas perguntas.

— Qual das duas, Blake?

Samantha era implacável.

— Vanessa. Mas duvido que ela te procure. Ela mora em Londres e nunca fica muito tempo em Nova York.

— Certo. E a Jacqueline vive entre Nova York e a Espanha.

A voz do piloto soou pelo alto-falante anunciando a aproximação do Aeroporto de Nevada.

— Você fez a lição de casa. — Blake foi para o assento ao lado dela.

— Eu sempre faço. — Ela parecia orgulhosa de si.

— Você vai me contar se uma delas aparecer à sua porta?

Samantha endireitou as pernas, fechou o cinto de segurança e disse:

— Você vai ser o primeiro a saber.

O jatinho começou a descer, e Samantha olhou pela janela. Entre o champanhe e a conversa, ela já não parecia querer sair correndo do altar. Blake pegou a mão dela e a sentiu dar um pulinho.

— Seria bom você tentar controlar isso — ele sugeriu.

Ela olhou para suas mãos e respirou fundo.

— Estou tentando.

Blake deixou a mão sobre a dela e disse a si mesmo para segurá-la mais vezes. Será que ela se assustou porque seu toque a incomodava ou porque ela gostava daquilo? Talvez gostasse e isso a incomodasse. Bem, pensou Blake, ela teria que se acostumar.

Quando o avião baixou, as rodas derraparam na pista e Blake viu uma série de emoções atravessar o rosto de Samantha. Seus lábios cor-de-rosa, que sorriam momentos antes, agora formavam uma linha reta. Com qualquer outra mulher, ele teria se inclinado e a beijado para que ela não se preocupasse. Surgiu nele o inesperado desejo de fazer exatamente isso. Qual seria o gosto dela? Doce, por causa do champanhe, ele concluiu. O efeito de pensar na voz sexy dela sussurrando em seu ouvido, encorajando-o a fazer mais que beijar, desceu até sua virilha. Ele se forçou a não olhar para o rosto dela e apertou sua mão.

Quando o piloto anunciou que podiam soltar o cinto, Blake se voltou para Samantha:

— Pronta para se casar?

Ela virou a mão para cima e entrelaçou seus dedos nos dele.

— Que seja. Eu não tinha nada melhor planejado para hoje.

Blake jogou a cabeça para trás e riu.

⁓つⓒ⌒⁓

Depois de uma curta viagem de limusine até o mais novo resort na Strip, Samantha estava no altar segurando a mão de Blake. Durante a cerimônia, ela lhe deu a aliança que ele mesmo havia comprado, mas ofegou quando ele deslizou em seu dedo um anel de safira de quatro quilates incrustado de diamantes.

— Para minha duquesa — disse ele. Até o pastor ficou boquiaberto.

Em algum ponto entre a limusine e o anel, Samantha percebeu que Blake provavelmente a beijaria ao fim da cerimônia. Por que não? Se os advogados questionassem o pastor e a testemunha, Blake iria querer que acreditassem que ele e Sam estavam loucamente apaixonados e haviam fugido para se casar. De modo que, em vez de pensar em seus votos matrimoniais — votos que nenhum dos dois planejava manter —, Sam não conseguia parar de pensar no beijo iminente.

A sala começou a ficar muito quente, e suas palmas começaram a suar. Ela repetiu os votos que o pastor dizia e escutou a promessa de Blake de abandonar todas as outras mulheres.

— Eu os declaro marido e mulher. Pode beijar a noiva.

Ela engoliu em seco. Estava pronta para desabar no chão, mas Blake era uma estátua de autocontrole. Ele passou um braço ao redor da cintura de Sam e pousou o olhar no dela. Seus olhos cinza cintilaram, e seus lábios perfeitos se curvaram.

Ela lambeu a boca e se forçou a sorrir. Sentiu um nó no estômago quando ele a puxou para si. Blake usou a mão livre para segurar o rosto de Sam. Ele hesitou sobre seus lábios. Samantha sentiu o calor de sua respiração e deixou o corpo relaxar em seu abraço.

Então, os lábios de Blake estavam ali, úmidos, firmes e completamente inebriantes. A eletricidade atravessou o cérebro de Sam e desceu por seu corpo. Mesmo de salto alto, ela teve que se esticar para encontrar sua boca. O braço de Blake apertava o corpo de Sam contra o dele. Os seios dela estavam grudados em seu peito firme. Ela ofegou, e a língua dele deslizou para dentro de sua boca.

Samantha esqueceu o pastor, os estranhos que observavam e simplesmente cedeu ao prazer que Blake Harrison evocava em seu corpo. Fazia uma eternidade que não era beijada, e certamente nenhum beijo se comparava a esse. Talvez fosse o fato de estar conhecendo o toque de Blake depois de trocarem votos de casamento, ou talvez fosse ele próprio. Talvez todos os duques beijassem como ele.

Alguém limpou a garganta, e Samantha sentiu Blake se afastar. Algo próximo da confusão se instalou nos olhos dele. Seria possível que Blake tivesse sentido aquele beijo tão profundamente quanto ela? Sam pensou nas duas mulheres a quem ele teria que dar explicações e concluiu que o beijo não poderia tê-lo afetado tanto quanto a ela. Blake, seu marido, era um jogador. Ela teria que se lembrar disso.

— Parabéns, sr. e sra. Harrison. Se me acompanharem para assinar alguns documentos, podem começar a lua de mel.

O pastor os conduziu da pequena capela a uma sala, onde Samantha assinou seu nome ao lado do de Blake na certidão oficial.

Simples assim, Samantha agora era uma mulher casada.

❧

Blake não sabia bem como imaginava sua noite de núpcias, mas certamente não era como a noite anterior. Ele havia reservado uma suíte especial em um luxuoso resort e cassino e dormira no sofá, enquanto ouvia sua esposa para lá e para cá pelo quarto até que ela finalmente se acalmara, por volta da uma da manhã.

O beijo o havia perturbado. Começara como uma representação, uma demonstração pública de afeto que, se necessário, poderia ser relatada aos advogados. Mas, desde que ele e Samantha saíram da capela, Blake queria repetir a performance. O jeito como o rosto dela se iluminara e a incapacidade de Sam de olhá-lo nos olhos provavam que ela tinha ficado tão excitada quanto ele.

Droga, ele não deveria desejar sua esposa. Uma esposa por conveniência. Uma esposa que muitas vezes colocava um sorriso em seu rosto e o fazia questionar sua vida de playboy e seus passatempos superficiais.

Ele se lembrou da advertência dela sobre "manter o zíper fechado" ou algo assim. Precisava ficar longe da sra. Harrison, ou manter o zíper fechado seria impossível.

Blake guardou o cobertor e o travesseiro que usara na noite anterior e esperou que a luz entrasse no quarto de Samantha o suficiente para acordá-la. Ele já tinha avisado ao escritório de Londres sobre sua "fuga para casar" com seu "amor à primeira vista". Não demoraria muito até que a notícia se espalhasse. Era provável que tivesse de voltar para buscar sua esposa dentro de algumas semanas, para convencer os observadores de que suas núpcias eram reais. Ele usaria essas poucas semanas para construir algumas barreiras em torno da sua libido. Não se preocupava com seu coração, mas, se ferisse o de Samantha, corria o risco de perder tudo. E esse risco era alto demais.

Uma suave batida na porta o alertou de que o serviço de quarto havia chegado.

Blake abriu a porta e instruiu o rapaz uniformizado a levar o carrinho até o centro da sala. O cheiro de café despertou seus sentidos e fez sua boca se encher de água. Quando o garçom lhe entregou a conta, a porta do quarto se abriu e sua esposa apareceu, sonolenta, com a vista embaçada, envolta em um macio roupão branco.

— Esse cheiro é de café? — A voz sensual de Samantha, aprofundada por ter acabado de acordar, rasgou suas defesas e ele gemeu. Até o garoto que mexia na bandeja do serviço de quarto esqueceu o que estava fazendo e virou na direção daquela voz.

— Eu pedi café da manhã.

— Que bom. Estou morrendo de fome.

Os pés descalços de Sam se aproximaram. Suas pernas saíam pela fenda do roupão.

O garçom deixou cair a conta, e Blake se moveu para bloquear a visão de Samantha. O rapaz estava vermelho quando pegou o papel e o entregou a Blake, que rapidamente o assinou e empurrou o garçom para fora do quarto.

Ele respirou fundo e endireitou a coluna antes de se voltar. Sua bravata não funcionara. Os pelos em sua nuca estavam arrepiados. Samantha espiava embaixo das tampas de prata com uma mão e segurava o cabelo desgrenhado com a outra. Ela estava sexy como o pecado.

Sam pegou o bule de café e começou a servir.

— Como você gosta?

Blake fechou os olhos e forçou os pensamentos maliciosos a saírem de sua mente cheia de luxúria.

— Preto.

Ele foi até a mesa e se sentou.

Em silêncio, Samantha entregou a xícara a Blake, depois colocou um pouco de açúcar na sua.

Quando o primeiro gole encontrou seus lábios, ela afundou na cadeira com um suspiro. O som foi gutural e fez a pele de Blake se arrepiar. Ele precisava sair de Las Vegas, senão todas as apostas para não transar com a esposa estariam perdidas.

Sem perceber o efeito que causava nele, Samantha ergueu as pernas e as apoiou na cadeira oposta. O roupão se abriu, revelando mais um pedaço de coxa.

O corpo de Blake respondeu com vingança. Sua ereção atingiu níveis dolorosos, forçando-o a mudar de posição na cadeira para evitar que Samantha notasse.

— Dormiu bem? — ela perguntou, sem se preocupar em cobrir a pele de alabastro.

— Sim — ele mentiu, tentando desviar os olhos das coxas dela.

— É mesmo? Eu fiquei revirando na cama. Estou mais ansiosa com esse casamento do que pensei que ficaria.

Seria difícil dizer a ela que sentia a mesma coisa? Mas isso faria parecer que ele não tinha tudo sob controle. Blake precisava controlar com punho de ferro tudo em sua vida, inclusive seu casamento.

— Tenho certeza que você vai se acostumar, especialmente depois que eu partir para Londres.

Ela estendeu a mão e pegou uma torrada no prato.

— Quando você vai?

— Amanhã.

— Amanhã? — Ela pareceu surpresa.

— Vou te levar de volta para Los Angeles e te apresentar para o meu pessoal e para o Carter antes de me preparar para viajar.

Ela mordiscou o pão.

— Não vai parecer suspeito você ir embora tão depressa depois do nosso casamento?

— Pode ser que sim, então vamos ter que fazer as coisas parecerem bem. Ligações diárias, algo que prove que estamos conversando um com o outro. Os advogados do meu pai são implacáveis. Eles contrataram espiões quando eu estava na faculdade para relatar ao meu pai as minhas transgressões.

— Isso não é exagero?

— Meu pai oferecia uma comissão bem gorda para cada coisa errada que encontrassem. Duvido que alguma coisa tenha mudado desde que ele morreu.

Como Blake não queria mergulhar em mais histórias de família, perguntou:

— Você tem passaporte?

— Não desde que eu tinha vinte anos e os federais o tomaram. Não deve ser difícil arranjar um. De qualquer maneira, vai ser uma boa desculpa para explicar por que eu não vou com você.

Ela estava sorrindo, já despertando depois de acabar a primeira xícara de café. Blake não achava que sua mudança de assunto passara despercebida, mas ela guardou para si todas as perguntas que tinha a fazer.

— Vou dar entrada na papelada na segunda-feira.

— Ótimo.

— Eu estava pensando ontem à noite, quando não conseguia dormir, se vou mudar meu nome ou não. Muitas mulheres mantêm o mesmo sobrenome depois de casadas. Pode ser mais fácil. — Ela se inclinou para a frente e se serviu de ovos mexidos.

Ele não gostava do que estava ouvindo; perguntaria por que mais tarde.

— Se nós tivéssemos casado por amor, e não por conveniência, você teria assumido o meu sobrenome?

— Mas nós não casamos por amor.

— E se tivéssemos casado?

Ela olhou para o anel, herança de família, que ele havia colocado em seu dedo no dia anterior.

— Sim, provavelmente.

Ele terminou o café com um orgulho cheio de satisfação.

— Então mude o seu nome. Não quero ninguém questionando nada. Já vamos ter obstáculos suficientes para vencer, considerando que vamos morar a maior parte do ano em continentes diferentes.

Ela pareceu querer argumentar, mas suspirou.

— Acho que você tem razão.

— Vou abrir uma conta para você antes de partir e lhe dar as chaves de casa.

Pensar nela andando por sua casa, vestindo um roupão branco e felpudo, fez um sorriso brotar no rosto de Blake.

— Não é necessário.

— Eu discordo — disse ele, servindo-se de ovos, salsichas e torradas. — Eu não deixaria a minha esposa sem recursos.

— Tudo bem, mas não vou usar. Não preciso do seu dinheiro, pelo menos agora que você está cuidando da Jordan. E tenho minha própria casa.

Ele mastigou lentamente antes de engolir.

— Ainda lhe devo seus vinte por cento. Use a conta, Samantha. Minha esposa não se privaria, e não quero pessoas dizendo que não estou cuidando de você.

Ela deixou cair a mão sobre a mesa.

— Eu não vou arruinar sua imagem, Blake.

— Vai, se ficar dirigindo um carro velho e economizando com itens pessoais. Não estou sugerindo que você compre um iate, só não faça compras em lojas de departamentos. — Ele imaginou a mídia pegando-a na C&A e se encolheu.

— Você percebe como isso é esnobe?

— Não interessa. Minhas namoradas sempre fizeram compras em lojas de grife. Minha esposa não vai pegar vestidos de uma arara.

Blake notou a mandíbula de Sam se apertar e se preparou para uma discussão.

— Tem algo de errado no jeito como eu me visto?

Oh-oh... Ele estava andando em um campo minado sem colete de proteção.

— Eu não disse isso.

— Ah, disse sim.

Ele parou de comer.

— Você sabe que eu tenho razão.

Ela contraiu os lábios, mas não o contradisse.

— Tudo bem.

— Ótimo. — *Eu ganhei*. Meu Deus, quando fora a última vez que ele discutira com uma mulher que não queria gastar seu dinheiro? Sentiu um sorriso brotar nos lábios.

— O que tem de tão engraçado? — Os olhos de Samantha brilhavam com uma fúria inédita. Eram simplesmente maravilhosos.

— Acho que acabamos de ter nossa primeira briga de casal.

Os ombros dela balançaram enquanto ela ria.

— Acho que sim.

— E eu ganhei — ele apontou.

Samantha o fitou com um olhar fervente.

— Não espere que continue assim.

Não, pensou Blake; ele não estava delirando a ponto de pensar que venceria todas as vezes. No entanto, ganhar a primeira adoçava seu bolo de casamento.

VINTE E SEIS HORAS DEPOIS de terem dito "sim", a mídia descobriu Samantha e Blake enquanto desembarcavam do jatinho dele. Felizmente ela havia tido a ideia de levar grandes óculos de sol para esconder o estresse estampado em seus olhos. A mídia não tinha mudado desde a prisão de seu pai. Eles bloquearam seu caminho, tiraram fotos e fizeram perguntas.

Blake manteve um braço possessivamente em torno da cintura dela enquanto a conduzia do aeroporto. Com um pouco de sorte, até o fim da semana alguém em Hollywood teria uma recaída nas drogas ou no álcool e atrairia os holofotes. Caso contrário, ela teria que lidar sozinha com os paparazzi.

Blake gritava algumas coisas à medida que passavam, palavras como "amor da minha vida" e "ela me fez perder a cabeça". Ele parecia tão sincero. Se Sam não soubesse da armação, até ela teria acreditado nele. A certa altura, Blake baixou os lábios até a orelha dela e sussurrou:

— Vai ser pior na Inglaterra, portanto assuma seu lado esnobe e sorria.

Ela riu e se inclinou contra ele para contornar a porta do carro. A foto tirada nesse momento apareceu em todos os principais canais de televisão e em três revistas de fofocas.

O amigo de Blake, Carter, acabou sendo uma surpresa para Sam. Os cabelos loiros e a bela aparência de surfista eram o oposto de seu marido. Carter era inteligente, pragmático e tinha um senso de humor de matar. Deu a Sam o número de seu celular e a incentivou a usá-lo se precisasse de alguma coisa enquanto Blake estivesse fora da cidade.

Conforme o combinado, Blake deu a Samantha acesso a sua casa, que ficava no alto de Malibu, com uma bela vista para o mar. A propriedade era enorme — mil metros quadrados de construção em um terreno de quatro hectares. Entre seus funcionários havia uma cozinheira, uma empregada doméstica e uma equipe de aviação em terra. Neil, motorista de Blake, supervisionava a equipe e morava na casa de hóspedes. O tamanho do homem intimidaria um time de futebol inteiro. Blake deixou claro que ele atuava como segurança também.

Depois de desejar boa viagem ao marido, Samantha estava de volta a sua casa alugada, pensativa. O plano de Blake de se casar havia sido uma jogada extremamente inteligente. Até uma mulher forte como ela se sentia atraída por esse tipo de riqueza. Ela girou o anel no dedo e o admirou.

— Não quero nem saber quanto vale — murmurou para a própria mão.

Sam teria que devolver a joia em cinquenta e duas semanas, mas, até lá, iria aproveitá-la. Ouviu a porta de seu apartamento bater antes de Eliza gritar:

— Sem comentários. — Depois falou: — Merda, por quanto tempo vamos ter que aguentar isso?

Mais amiga que funcionária, Eliza tirou a bolsa do ombro e a atirou sobre a mesinha de centro.

— Eles vão embora em um ou dois dias — disse Sam.

— Você parece segura demais.

— Já passei por isso. E o nosso divórcio vai atrair ainda mais a imprensa.

Eliza jogou um jornal sobre a mesa, que se abriu na já familiar fotografia de Sam e Blake rindo.

— Vocês dois são muito convincentes.

Samantha sorriu. Apesar de seu desejo de que os paparazzi desaparecessem, gostava das fotos que haviam tirado. Afinal, eram suas fotos de casamento.

— É, até que ficamos bem juntos.

— *Bem?* Vocês parecem mais felizes que pinto no lixo.

— Um pinto fica feliz no lixo? — brincou Sam.

— Não faço ideia. Que pena não ter conhecido o Blake quando ele veio te deixar aqui. — Eliza desabou no sofá e jogou as longas pernas sobre a mesinha de centro.

— Ele não veio. Na verdade, foi o motorista dele.

— Motorista? — Eliza tinha olhos cor de chocolate incríveis, e os arregalou ao fazer a pergunta.

— Ele é rico, por que dirigiria? — Samantha riu e revirou os olhos, fazendo sua melhor imitação de esnobe.

— Ah, perdoe a minha ignorância! — a amiga riu.

O telefone da empresa tocou, e Eliza pulou do sofá para atender.

— Alliance.

Samantha não prestou muita atenção enquanto Eliza escutava a pessoa na linha. Mesmo com Blake se elevando sobre sua silhueta verticalmente prejudicada, a foto deles não estava ruim.

— Não temos nada a declarar — dizia Eliza. — Não, não somos uma agência de acompanhantes... Mais uma vez, sem comentários. — Com um suspiro de frustração, ela desligou.

— Eu deveria ter previsto isso. — A imprensa acabaria com seu negócio, se pudesse.

— Devíamos preparar uma declaração padrão para dar a todos eles.

— Boa ideia. Vou pensar em alguma coisa e falar com o Blake.

O telefone tocou de novo: outro repórter fazendo perguntas. Meia hora depois, Sam e Eliza desistiram e desligaram a linha comercial. Com um pouco de sorte, a publicidade faria efeito em breve. Poderia atrair novos clientes, contanto que Samantha conseguisse manter o anonimato deles. Mas, com toda a imprensa à sua porta, isso não aconteceria, de modo que ela teria que recusar novos clientes por um tempo.

— Isso é loucura — Eliza disse enquanto fechava as cortinas da sala.

Alguns paparazzi haviam acampado na rua, apontando suas lentes cada vez que uma delas surgia na janela.

— Vou fazer alguma coisa para o jantar. Você não se importa de dormir aqui hoje, não é? — Sam perguntou.

Eliza havia morado ali até se mudar para a casa do namorado, seis meses atrás.

— Esse é seu jeito de me pedir para ficar?

— É. Não quero ficar sozinha com todos esses paparazzi aí fora. De qualquer maneira, eles te seguiriam até em casa — Sam respondeu.

— Tudo bem, mas eu escolho o filme. Você tem vinho, né?

— E não tenho sempre?

Samantha apagou as luzes da varanda e trancou a porta da frente. As duas vestiram calça de moletom e uma camiseta confortável e se instalaram na frente da televisão com fatias de pizza barata e uma boa garrafa de merlot.

— Tenho a sensação de que não vamos fazer isso muito mais vezes — disse Eliza entre uma mordida e outra.

— Por quê?

Sam digitava alguma coisa no notebook, tentando elaborar um comunicado à imprensa.

— Você é uma mulher casada agora.

— E daí?

Ambas sabiam que era um casamento de fachada. Nesse momento, Blake provavelmente estava dormindo no quarto de seu avião particular sem nem sequer pensar nela.

— Você está casada com um duque, Sam. Tem ideia do que isso significa?

— É só um título. Como "sir" ou "doutor". Só que o Blake não precisou trabalhar para obtê-lo.

— Ele herdou o título quando o pai dele morreu, certo? — Eliza cruzou as pernas em cima do sofá e colocou uma tigela de pipoca no meio delas.

Samantha assentiu.

— Mas ele precisava se casar para herdar a propriedade?

— Na maioria dos casos, o título e a propriedade vão juntos para o primogênito do duque e da duquesa. Mas o pai do Blake era um idiota de primeira. Estipulou no testamento que a propriedade seria dividida, dissolvida para todos os efeitos, se o Blake não se casasse até os trinta e seis anos. Um primo receberia uma parte da propriedade, uma pequena ajuda de custo iria para a mãe e para a irmã dele, e o resto, para uma instituição de caridade.

— Que frieza. O pai dele não providenciou para que a própria esposa pudesse ficar na casa que foi dela durante anos?

— Acho que não.

Eliza se endireitou.

— Que cretino.

— O Blake me disse que um título sem a propriedade é como um rei sem país. Essa coisa de nobreza é um saco.

O celular de Samantha vibrou ao seu lado. O nome de Blake apareceu na tela. Uma onda de excitação subiu por suas costas.

— Oi — ela atendeu.

— Queria te pegar antes que você fosse para a cama. — Ele parecia cansado, e o ruído de fundo tornava difícil para Sam ouvi-lo.

— Pensei que você estaria a vinte mil pés de altura. Onde você está?

— Eu me atrasei em Nova York. Vou partir daqui a uma hora.

O dia de ambos havia começado cedo, e o dele parecia que não ia acabar logo. Samantha sentiu pena dele, de verdade.

— A mídia está enlouquecida aqui fora. Acho que devíamos soltar um comunicado para tirar esse pessoal do meu pé — ela sugeriu.

— Você está bem? Eles estão te incomodando? — A preocupação em sua voz era perceptível.

— Não, eu...

— Eu queria que você ficasse na minha casa.

— Já falamos sobre isso. Estou bem aqui. As pessoas vão acreditar mais em uma virada lenta na minha vida. — Ela ouviu uma voz anunciando voos. — O que acha disso? "O sr. e a sra. Harrison gostariam de ter sua privacidade respeitada enquanto se ajustam às rápidas mudanças em sua vida. O namoro e o subsequente casamento foram tão inesperados para eles como têm sido para o mundo. Uma recepção está sendo planejada para apresentar o casal e revelar os detalhes desse encontro amoroso."

— Encontro amoroso? — foi o único comentário de Blake.

— Ficou artificial, né? Vou pensar em outra coisa.

Ele riu.

— A única coisa que você precisa mudar é o nosso nome.

— Como assim?

A voz de Blake era cortante.

— Tem que ser lorde e lady Harrison, duque e duquesa de Albany. Escute, tenho que ir. Te ligo de manhã. Chame o Carter ou o Neil se precisar de alguma coisa.

Então, a linha ficou muda. Um arrepio de terror recaiu sobre ela como uma cortina caindo em um palco.

— Ai, meu Deus.

— Que foi? — Eliza parou de enfiar pipoca na boca e olhou para Samantha com os olhos arregalados.

— Acho que vou pirar.

Duquesa! Ela era uma duquesa de verdade. O peso do título sufocou todos os demais pensamentos.

❧

— Você não usou os cartões de crédito. — Essas foram as primeiras palavras que saíram da boca de Blake três dias depois.

Samantha estava correndo na praia com fones de ouvido. A imprensa saíra da porta dela, mas os telefonemas não cessavam. Ela decidira dar uma merecida folga a Eliza e fugira de casa o mais rápido possível.

— Oi para você também. — Ela diminuiu o passo para que pudessem conversar.

— Você parece sem fôlego. O que está fazendo?

— Correndo.

— Ah. — Ele parecia surpreso. — Que barulho é esse?

— O vento. Estou na praia. — Ela se esquivou de algumas pedras e continuou correndo.

— Isso é seguro? Tem alguém com você?

Ela riu.

— Sim, é seguro, detetive; e não, não tem ninguém comigo. — Embora debochasse dele, ela gostou da preocupação. Sam não lembrava quando fora a última vez que alguém se importara com o fato de ela correr sozinha. — Tenho certeza que você não me ligou para saber detalhes da minha rotina de exercícios. Está tudo bem?

— Eu queria me certificar de que você preencheu os formulários do seu passaporte.

— Passei seis horas no escritório da seguridade social na terça-feira. Mudança de nome, passaporte, tudo. Eu pedi urgência, mas eles disseram que vai levar no mínimo dez dias úteis.

O ar fresco da manhã e o nevoeiro molhavam seu cabelo e o faziam grudar no rosto enquanto ela corria. Sam adorava essa hora do dia. Na praia, havia alguns corredores e uma dúzia de surfistas. Ela ia à praia pelo menos uma vez por semana. Outras vezes, corria pela vizinhança. Mas tinha de admitir que os quarteirões por onde costumava correr eram cada vez mais duvidosos, e Samantha optava por dirigir até uma trilha ou um parque, mais seguros. Ela não pôde deixar de se perguntar como seria correr na praia particular da casa de Blake.

— Dez dias é muito. Vou ligar e apressar as coisas.

— Já paguei uma taxa de urgência que encurtou o prazo de um mês para dez dias. Eles disseram que não conseguiriam fazer mais rápido. — Ela estava ofegante, mas continuou correndo.

— Vou cuidar disso.

Sam achou graça na atitude controladora de Blake.

— Ninguém nunca nega nada ao grande e poderoso Blake Harrison? — brincou.

— Só você. Por que ainda não foi fazer compras? Eu disse para ser generosa consigo mesma.

Ele não estava feliz com alguma coisa. Ela podia sentir em sua voz.

— Me deixe adivinhar. Você viu uma foto minha num jornal, de jeans e camiseta velha.

Ele hesitou.

— É isso, não é? — Ela começou a rir e teve que parar de correr para recuperar o fôlego. — Ah, Blake, relaxa.

— Vá fazer compras, Samantha. Nossa recepção vai estar lotada de gente importante e famílias influentes. Vamos ao teatro, a jogos de polo, a tudo que você imaginar.

— Meus shorts jeans não vão servir? — Lágrimas pinicavam seus olhos, de tanto rir.

— Até eu vi *Uma linda mulher*. Vá fazer compras!

Pensar nele aguentando calado um filme daqueles a fez rir ainda mais.

— Espero que a mulher tenha valido a pena.

— Que mulher?

— A que te arrastou para o cinema.

Ele riu. O som encheu a mente dela de imagens do belo rosto e dos olhos cinzentos de Blake.

— Foi a minha irmã.

— Ah, está explicado.

— Ela ganhou uma aposta. Tive que levá-la, ou perderia o respeito dela. — A voz de Blake foi se suavizando conforme eles conversavam. Parecia que isso sempre acontecia depois de alguns minutos ao telefone. E Sam se viu aguardando ansiosamente seus telefonemas. — Você parou de correr? — ele perguntou.

Samantha olhou para a praia deserta e apoiou as mãos no quadril.

— Sim — disse ela, enquanto sua respiração sibilava.

Blake gemeu.

— O que foi? — ela quis saber.

— Você quer uma resposta sincera?

— Sempre. — Ela virou na direção da brisa e forçou sua respiração a se acalmar.

— Com a sua respiração acelerada e a sua voz, estou tendo dificuldades para me controlar.

O coração de Sam deu um pontapé no peito. Ela mordeu o lábio inferior.

— Bom, então não vou descrever o que estou vestindo nem a minha aparência, para não estragar a fantasia.

Ele riu.

— Tenho certeza que os paparazzi estão em algum lugar por aí, e uma foto sua estará na minha mesa amanhã de manhã.

Sam olhou ao redor, mas não viu ninguém com câmera.

— Talvez.

— Antes de desligar... eu tentei ligar para a sua casa, mas o telefone não funciona.

— A linha está com estática. O pessoal vem de manhã para consertar. Coloquei identificador de chamadas para poder saber quando a imprensa ligar. — Sam deu meia-volta e correu a passos mais lentos em direção ao carro.

— Bom plano. Amanhã eu ligo.

Ela sorriu e, só por diversão, acrescentou:

— Ah, Blake...

— Sim.

Ela abaixou ainda mais a voz e sussurrou ao telefone:

— Estou toda quente e molhada também.

— Errrr. — O grunhido dele fez vibrar o fone de ouvido de Sam.

Quando ele desligou, Samantha questionou se era uma decisão sábia continuar com aquele flerte. Mas, como o sorriso ameaçava deixar marcas permanentes em suas bochechas, ela afastou as preocupações da mente e simplesmente curtiu o pensamento de um homem demonstrando interesse nela como mulher.

Mesmo que esse homem fosse seu marido.

A imprensa deve ter desistido, ela pensou enquanto subia as escadas para seu apartamento. Não havia fotógrafos de quarenta e poucos anos atrás de arbustos ou dando zoom da esquina. Entrou em casa, jogou as chaves em uma mesinha e se dirigiu para as escadas.

Quando a campainha tocou, Sam se voltou e abriu a porta em um impulso. No meio do movimento se deu conta de que isso provavelmente resultaria em uma foto indesejada, que faria Blake torcer o nariz no dia seguinte.

Mas a pessoa à porta não era um repórter ou um fotógrafo em busca de dinheiro fácil.

Pior que isso: era Vanessa.

A mulher que a fitava era tudo que Samantha não era. Tinha cabelos loiros tão sedosos que não poderiam ser tingidos, maçãs do rosto definidas e olhos azuis brilhantes. As longas pernas espreitavam por baixo de uma saia de seda feita sob medida que certamente nunca esteve pendurada em uma arara de loja de departamentos.

Blake tinha bom gosto para mulheres, isso ela tinha de admitir.

— Você sabe quem eu sou. — Vanessa van Buren não era a amante abandonada que Samantha acreditara que apareceria sem aviso prévio. Espreitar de longe, talvez, mas bater à sua porta exigia coragem. A impetuosa Jacqueline teria sido a aposta de Sam.

Mas ela estava errada.

— O mesmo digo eu.

Vanessa analisou Sam e deu um sorriso forçado. Ela vestia Gucci; Samantha, Target. Houve um tempo, quando Sam era mais nova, antes da derrocada de seu pai, em que uma amiga lhe dera um bom conselho: "Não entre em uma batalha sem o arsenal completo". Na época, Samantha e uma rival do colégio tentavam ganhar a atenção de um garoto. Daquele dia em diante, ela nunca mais saíra de casa sem maquiagem e uma etiqueta de grife nas costas.

Ela olhou para o shorts de algodão e a camiseta em que se lia "CORREDORES MANTÊM O RITMO" e se encolheu.

— Não vai me convidar para entrar?

É claaaro que não.

— Não vejo por que convidaria.

Mesmo assim, Vanessa deu um passo adiante e forçou a entrada. Samantha pensou em detê-la, mas teria que refreá-la fisicamente. E uma foto dessas no tabloide da manhã provavelmente não pegaria bem para Blake nem para ela própria.

Então Sam fechou a porta e impediu que Vanessa entrasse até a sala.

— Já basta.

— Não vou demorar. — Vanessa mantinha a raiva na voz fortemente controlada, enquanto seus olhos observavam a sala. — O que o Blake pode ter visto em você?

Sam cruzou os braços.

— Suas garras estão sempre de fora? Ou você as guarda à noite?

— Espertinha. Sabia que eu transei com ele duas semanas atrás?

Sam teve vontade de retrucar, mas se conteve.

— O Blake e eu nunca quisemos magoar ninguém. — E fez o seu melhor para afastar da mente a imagem dos dois na cama.

— O Blake acaba magoando todo mundo. Você vai descobrir isso logo, logo.

— Acho que você devia ir embora. — Samantha estava pronta para deixar de ser boazinha. Aquela não era uma mulher apaixonada por um homem; era uma cobra pronta para dar o bote.

— Ele sabe sobre o seu pai? Sobre a família sórdida que você escondeu no passado?

Samantha apertou a mandíbula e cravou as unhas nos braços.

— O Blake sabe de tudo.

O olhar frio de Vanessa parecia conhecer algo mais.

— Tudo? Tem certeza?

Sam não tinha nada a esconder — bem, quase nada. Seus pecados haviam sido enterrados tão profundamente que nem seus contatos poderiam encontrá-los.

— Você parece uma mulher desesperada, Vanessa. Preciso lhe dizer que isso não é atraente.

O sorriso no rosto da loira desapareceu.

— Não há nada de desespero em mim. Já você é a personificação do sentimento.

— *Ding, ding.* Fim do primeiro round. — Samantha abriu a porta, sem se importar com a possibilidade de alguém fotografá-las. — Saia daqui, ou eu vou ser forçada a chutar o seu Prada com o meu Nike.

O coração acelerado de Sam fazia seu peito doer.

— Cuidado, você não sabe com quem está lidando.

Samantha se aproximou o máximo possível de Vanessa, sem tocá-la.

— Minha filha, você não tem ideia do que *eu* sou capaz. Quando o Blake me falou de você, eu cheguei a sentir pena. Que desperdício. Não sei o que ele estava pensando.

Parecia sair veneno dos olhos da mulher. Ela girou sobre os calcanhares, colocou os óculos escuros e marchou até um carro esportivo vermelho estacionado na rua.

Bater a porta provaria até que ponto aquela fingida havia atingido Samantha. Portanto, Sam apenas a fechou e desabou contra a madeira. Suas mãos tremeram quando a tensão do confronto começou a circular por sua corrente sanguínea.

O som de cascalho levantado pelo carro chegou a seus ouvidos.

— Ainda bem.

Sam se afastou da porta e pegou a bolsa. Quieta, abriu o aplicativo de mensagens no celular e pressionou o número de Blake.

> Eu ganho um prêmio por estar certa?

Enquanto esperava a resposta, ela trancou a porta e subiu as escadas até o chuveiro. Seu telefone zumbiu no último degrau.

> Certa sobre o quê?

> Acabei de conhecer a sua víbora loira. Não sei o que você viu nela, além do óbvio.

E, como realmente não confiava em si mesma para falar, acrescentou:

> Estou entrando no banho, conversamos mais tarde.

Sam jogou o telefone na cama e foi até o banheiro. Lentamente, começou a se acalmar. Olhou para seu reflexo no espelho. O orvalho da manhã havia causado estragos em seu cabelo. E em seu rosto havia marcas vermelhas.

— Que horror.

No quarto, seu telefone tocou. Ela ignorou. Tirou a camiseta e jogou no cesto de roupa suja. As palavras de sua amiga do colégio ecoaram em seus ouvidos. *O arsenal completo.*

— Sabe de uma coisa, Blake? Acho que vou aceitar o seu cartão de crédito.

Com mulheres como Vanessa à espreita, era melhor ela se vestir para a batalha. Tendo nascido em berço de ouro, ela sabia como jogar. Simplesmente havia escolhido não o fazer.

Até aquele momento.

BLAKE ESFREGOU O ROSTO PELA enésima vez naquele dia. A mensagem de Samantha o abalara, e ele não conseguira mais falar com ela depois disso.

Que raios Vanessa estava pensando? O que havia dito para sua esposa? Blake estava casado havia menos de uma semana e já precisava encontrar um jeito de manter sua amante longe de sua mulher. Ele nem sequer havia falado com Vanessa desde que colocara a aliança no dedo de Samantha. Tentou ligar para ela uma vez, mas, quando a empregada disse que ela não o atenderia, pensou que não tinham mais nada a dizer um ao outro.

Jacqueline lhe enviara uma fria mensagem: "Me ligue quando se cansar dela".

E por que a palavra "víbora"? Não podia ser boa coisa.

Droga. Se fosse preciso algo além de um voo sem escalas, ele pegaria seu jatinho imediatamente. Mas tomar decisões precipitadas não era seu estilo. Seu plano era retornar aos Estados Unidos no domingo à noite, quando poderia buscar sua esposa e levá-la até a Europa.

A menos que Samantha precisasse dele antes, Blake manteria o plano original. Ainda assim, pensar em vê-la o agradava. Suas conversas ao telefone iluminavam seu dia de maneiras que ele não havia imaginado. O flerte entre eles seria problemático se estivessem no mesmo país. Com um oceano de distância, era mais seguro. Talvez fosse por isso que Blake começara a se abrir para ela. As mulheres sempre haviam sido um jogo para ele. Primeiro atraí-las, o que não era difícil, depois seduzi-las. Embora não tivesse estabelecido um limite de tempo com as mulheres anteriores em sua vida, ele nunca mantivera relacionamentos por mais de seis meses a um ano. A atração geralmente desvanecia muito antes disso. Blake e a monogamia eram estranhos um para o outro; ele herdara essa característica do pai.

Mas Samantha não precisava ser um jogo. Pela primeira vez em sua vida adulta, a sinceridade com o sexo oposto parecia segura para Blake.

Seu telefone avisou quando chegou uma mensagem.

— Sam — ele sussurrou, esperançoso.

Não era ela.

Blake leu a mensagem do banco informando sobre atividades no cartão de crédito que ele havia dado a sua esposa.

Talvez a visita da Vanessa não tenha sido um completo desperdício, pensou. Blake viu a quantia gasta no cartão e sorriu. O comentário de Samantha sobre mulheres serem criaturas emocionais surgiu em sua mente. Aparentemente, sua esposa não estava imune a isso.

⚜

Épocas traumáticas na vida muitas vezes levam a um sexto sentido para as coisas. Pelo menos era o que Samantha acreditava. Deus era testemunha de que, em sua pouca idade, ela já havia suportado drama suficiente para duas vidas.

Rejeitada, a imprensa passara a focar a mais recente atriz em ruínas, cuja dependência química e comportamento imprudente a levaram à prisão. Felizmente, esqueceram a nova duquesa que vivia nas terras baixas de Tarzana. No entanto, o peso de ser observada continuava seguindo Samantha.

E isso começava a irritá-la.

O último ano de liberdade de seu pai fora terrível. Samantha notava novos alunos no campus que pareciam nunca entrar nas aulas, mas sempre conseguiam cruzar seu caminho. Carros escuros seguiam seu conversível e estacionavam em frente aos lugares que ela frequentava. Os telefones de sua casa faziam um barulho estranho quando ela os pegava. Chegou a ponto de Samantha ter que se vestir no banheiro ou no enorme closet para garantir certa privacidade.

Blake não havia revelado detalhes sobre quem estaria de olho no casamento deles durante o próximo ano, só dissera que haveria gente observando. O tempo que passariam juntos precisaria ser convincente, e o tempo separados deveria se mostrar difícil para ambos. Ela supôs que os telefonemas diários de Blake eram uma maneira de medirem o carinho entre eles. Pelo menos os registros telefônicos revelariam conversas diárias.

Samantha convenceu Blake de que a visita de Vanessa não a afetara. Essa foi, provavelmente, a única meia-verdade que Sam dissera a seu marido até então. Ele não precisava saber como ela ficara abalada. Naturalmente, a fatura do cartão de crédito falava por si só. Ela não ficara devendo nada à personagem de Julia Roberts no filme. Vestidos, sapatos e bolsas de grife; meio dia no salão para fazer as unhas, limpeza de pele e cortar o cabelo; dois chapéus de aba larga e óculos de sol ajudaram a encobrir sua aparência, mas, ainda assim, a assustadora sensação de olhos a observando na multidão a acompanhava.

— Você está sendo paranoica — Samantha disse a si mesma enquanto tirava os óculos escuros no início da tarde de sexta-feira.

Olhou o relógio e calculou o horário em Londres. Blake havia feito a maior parte das ligações, e Sam pensou que seria bom tomar a iniciativa se, de fato, alguém estivesse rastreando as chamadas. Pegou o telefone fixo e o papel em sua mesa com o número da casa dele.

Ouviu o tom de discagem, um clique e o tom de novo.

Samantha ficou paralisada. Ela conhecia esse som. Lembrava-se muito bem. Depois de voltar o fone para a base, considerou suas opções. Ligar no celular de Blake era uma, mas, pelo que ela sabia, devia haver uma câmera e um microfone em algum lugar de sua casa. Felizmente, a maioria das conversas recentes com Blake havia acontecido pelo celular e fora de casa.

Sair de casa para ligar era outra opção.

E havia a opção número três. Se a pessoa responsável pela escuta em seu telefone estivesse esperando uma discussão sobre um casamento falso, ficaria muito, muito decepcionada.

O governo tinha invadido sua privacidade antes. Os resultados haviam sido fatais. Embora as apostas não fossem tão altas desta vez, de jeito nenhum Samantha permitiria que alguém tomasse o que pertencia legitimamente a Blake.

Para o bem ou para o mal, Blake era seu marido — pelo menos durante as próximas cinquenta e uma semanas.

Samantha tirou os sapatos e pegou o telefone sem fio na base mais uma vez. Mas, de seu celular, primeiro mandou uma mensagem.

Você está em casa?

Seu telefone zumbiu.

Pela primeira vez na semana.

Ela começou a digitar o número dele no telefone fixo.

Mantenha o celular à mão e entre no jogo.

❧

Blake ficou olhando a tela de seu celular e sacudiu a cabeça.

— Entrar no jogo? O que isso quer dizer?

Ele estava prestes a digitar sua pergunta quando o telefone de sua casa tocou. Quando ele atendeu, a voz rouca e sexy de Samantha praticamente ronronou na linha:

— Oi, amor.

Amor? De onde saíra isso? Ele abriu a boca para perguntar, mas ela continuou falando, uma sílaba mais sedutora que a outra.

— Como foi o seu dia?

— Cheio. Não vejo a hora de tirar meio dia de folga amanhã.

Seu celular zumbiu.

Você ouviu um clique na linha?

Ele leu a pergunta e começou a dizer em voz alta:

— Samantha, o que está...

— Meu Deus, estou com tanta saudade. Queria que o meu passaporte chegasse logo para poder estar aí com você.

Blake não estava acreditando. Samantha não parecia bêbada. Mas ele gostou da ideia de ela sentir falta dele. Ainda assim, ele sabia identificar uma mentira.

Mais uma mensagem dela:

> Alguém grampeou o meu telefone.
> Continue falando.

— O quê?

Haviam grampeado o telefone dela?

— Eu disse que estou com saudade — a voz ofegante de Samantha vacilou.

— Eu também — ele sussurrou lentamente enquanto escrevia.

> O que é que está acontecendo?

Samantha riu.

— Sabe o que andei pensando o dia todo?

A voz de disque-sexo colidiu com as mensagens de texto, e o cérebro de Blake começou a entrar em parafuso. Se alguém grampeara o telefone de Samantha, a pessoa havia entrado na casa dela. Sua mandíbula começou a doer, e um calor foi crescendo em seu corpo. Ele estava longe demais para alcançá-la.

— Não... Por que você não me conta?

> Estamos sendo observados. Acho que
> alguém está nos ouvindo agora.

— Fiquei pensando no seu sorriso sexy.

Ele hesitou na resposta à mensagem.

— Você acha meu sorriso sexy?

— Você sabe que sim. Sinto falta de ver o riso nos seus olhos quando estamos juntos.

Blake sabia que as palavras dela eram para a pessoa que os ouvia, mas o efeito não era menos potente. Samantha podia não ser atriz, mas estava fazendo um trabalho incrível.

Ele escreveu no celular:

> Você precisa sair daí.

— Sabe do que eu sinto falta em você? — ele perguntou, mantendo a conversa exatamente no rumo em que ela a colocara.

— Me conta — ela respondeu e digitou:

> Tenho que concordar com você.

Ele ficou chocado ao vê-la concordar sem relutar.

— O quê?

— Me conta do que você sente falta em mim — disse Samantha, redirecionando-o.

Blake pôs o celular de lado e se concentrou em suas palavras.

— Sinto falta do seu cabelo selvagem no meu travesseiro.

Era uma imagem que ele imaginava com frequência, mesmo que nunca tivesse visto — ainda não.

— O jeito como você umedece os lábios quando vou te beijar — continuou.

— É mesmo? — a voz de Samantha se agitou.

— Sinto falta do perfume de lavanda da sua pele. Vou mandar os jardineiros plantarem um alqueire de lavanda aqui. Assim, toda vez que eu passar, vou lembrar de você.

De onde Blake havia tirado isso? E desde quando ele era poeta?

A linha ficou em silêncio por um momento.

— Samantha? Ainda está aí?

Ele olhou o celular para ver se ela tinha enviado outra mensagem. Não.

— Estou aqui. É que... preciso estar mais perto de você. Talvez eu deva mudar para sua casa em Malibu.

Ele sorriu.

— Fico feliz por você finalmente concordar.

— É que tudo aconteceu tão rápido... Eu pensei que seria melhor esperar mais um pouco. Mas agora isso parece tolice.

— Você é uma mulher independente, eu entendo. Mas vamos passar um tempo aqui na Europa e aí. Seria melhor se você se sentisse confortável nos dois lugares. Pelo menos vou saber onde você está quando tivermos que ficar longe um do outro.

Engraçado... cada palavra que ele havia dito era verdade. Mas, se não houvesse outro par de ouvidos escutando, provavelmente ele não estaria dizendo nada disso.

— Você está... Caralho! — O palavrão explodiu dos lábios dela. Os pelos na nuca de Blake ficaram em pé.

— O que aconteceu?

— Eu... eu bati o dedão do pé. — Ela parecia irada, não machucada.

O celular de Blake zumbiu.

> Encontrei uma câmera.

— O que você está fazendo? — ele perguntou, levantando-se e começando a andar.

— Escolhendo alguns livros para levar para a sua casa. A que horas você vai chegar aqui no domingo?

Se Blake não estivesse escutando com atenção, não notaria o tremor na voz dela. Selecionou o número de Neil e enviou uma mensagem urgente:

> Vá pra casa da Sam agora! Te ligo em alguns minutos.

— Vou reorganizar os meus planos e voltar mais cedo.

Hoje à noite, pensou.

— Não precisa — disse ela.

— Discordo. Estamos longe um do outro há muito tempo. — Essas palavras pareciam verdadeiras, apesar do contrato.

Ela suspirou fundo.

— Não posso argumentar contra isso.

— Te ligo mais tarde.

— Não faça nada precipitado — disse ela. — Eu estou bem.

Mas ele não estava. Alguém estava espionando sua esposa, ouvindo suas conversas... observando-a. A tentativa de pegá-los na mentira estava indo longe demais.

— Estarei aí pela manhã.

— Não vejo a hora.

Blake sorriu, desligou o telefone e mandou mais uma mensagem:

> Ponha numa mala o que precisar para hoje e amanhã. O Neil está a caminho.

Ele ligou para seu guarda-costas e explicou a situação. A chamada seguinte foi para o piloto do jatinho. Frustrado, ele passou as mãos no cabelo e correu para ajeitar tudo a fim de partir. Seu casamento a distância já não parecia seguro. Seu cérebro zumbia com uma urgência que fazia seus pés tamborilarem e suas mãos quererem torcer o pescoço de alguém. Seu primo desceria a esse nível? Ou Vanessa, desprezada, desejava alguma vingança maluca? Nem Parker & Parker poderiam ser eliminados da curta lista de suspeitos, uma vez que ganhariam uma quantia extra de dinheiro se o casamento de Blake e Samantha se revelasse uma fraude.

Vinte minutos depois, a caminho do aeroporto, seu telefone tocou.

— Samantha?

— Sim, sou eu. — Ela parecia cansada. Esgotada. — Estou na sua casa.

— Então é seguro falar. Meu sistema de segurança detectaria um grampo. Como você está?

Ela suspirou. O som pesou no ouvido dele.

— Estou puta da vida. Achei que os meus dias de telefones grampeados e câmeras escondidas tinham ficado para trás. Quem iria tão longe, Blake?

— Estou me fazendo essa mesma pergunta desde que você ligou. Tenho pessoas trabalhando nisso. Vamos descobrir.

— Me diga o que posso fazer para ajudar. O responsável por isso pode me considerar uma inimiga. — O fulgor na voz de Sam era melhor que o vazio do instante anterior. Sua arrojada esposa virava uma bola de fogo quando encurralada.

— Vou chegar tarde da noite. Que quarto você escolheu?

— Ah, eu... eu não sei quem sabe o que por aqui, então falei para o Neil colocar as minhas coisas na sua suíte — ela gaguejou. — Mas posso mudar.

Ele se sentiu aquecer ao pensar na cabeça dela em seu travesseiro, seus olhos vagando até adormecer em sua cama.

— Não. Você tem razão. Eu confio na minha equipe, mas acho que não devemos alertá-la.

— Tem certeza? — Ela parecia vulnerável de novo. O forte desejo de puxá-la em seus braços e envolvê-la com sua força era doloroso.

— Por favor. Eu insisto.

Ele sabia que não deveria exigir. Samantha pegava suas ordens e as devolvia com o mesmo ímpeto sempre que possível. Pedir com gentileza era algo novo, mas ele melhorava na tarefa a cada dia.

— Tudo bem. Te vejo de manhã.

Ele ficou tamborilando com o dedo no telefone depois que desligou. A imagem de Samantha encolhida em sua cama, com os olhos arregalados de medo, o sufocava. Cravou os dedos na palma das mãos.

Quem havia feito isso cometera um erro enorme, e pagaria caro. Ele esmagaria a pessoa que violara a privacidade de sua esposa a esse nível. Paparazzi nas ruas, espionando enquanto ela estava na fila de uma loja, tudo bem. Mas isso? E se houvesse uma câmera no quarto dela? Observando-a se vestir, tomar banho?

Não era de admirar que ela parecesse assustada.

Quanto mais Blake pensava nisso, mais difícil era controlar sua raiva.

⁕

Meio lembranças, meio sonho, o cérebro sonolento de Samantha filtrava imagens dela andando pelo campus com uma mochila no ombro.

Alguém a seguia. Ela já tinha visto a pessoa antes, mas não se lembrava de onde. O pânico começou a correr por seu sangue depois que ela revelou seus pensamentos mais profundos ao professor de administração.

No fundo da mente de Samantha, ela sabia que estava sonhando. Percebeu para onde se dirigia o sonho e tentou desesperadamente detê-lo.

A imagem de seu quarto de infância passou por sua mente. Uma conversa sincera com uma amiga de confiança. Sua mãe, viva, dizendo-lhe para ter cuidado com o que dizia.

Jordan, só de top, ria de algo que seu cão, Buster, estava fazendo.

Todas essas imagens se misturavam no peito de Samantha.

Dois homens de terno escuro segurando um distintivo a retiraram da sala de aula e a interrogaram. Só que, em vez de perguntar onde seu pai estava, o que ele estava fazendo, perguntaram sobre Blake.

— O que ele está fazendo é ilegal, Samantha. Milhares de pessoas sofrem por causa dele.

Não! Sam lutava contra o sonho, querendo que as imagens mudassem. Mas elas forçavam a entrada, e o medo tomou conta de seu coração.

Samantha se sentou na cama com a respiração e os batimentos cardíacos acelerados. Num piscar de olhos, Blake saiu da poltrona onde estava dormindo e correu até ela.

— Sam, você está bem?

Ele segurou os braços dela para acalmá-la. Forçando sua respiração a se aquietar, ela assentiu.

— Foi um pesadelo — disse.

— Você está tremendo. — As palavras saíram da boca de Blake, seus braços rodearam o corpo dela e ele a puxou para seu peito.

Ela deveria ter se afastado, mas não encontrou forças. Inspirou profundamente o perfume de pinho, tão masculino, que sempre acompanhava Blake. Tão perto assim, era mais forte e poderoso. Samantha se apoiou nele e fechou os olhos.

Ele passou as mãos pelas costas dela e acariciou seu cabelo.

— Está tudo bem — sussurrou.

A força do sonho deixara uma marca no coração de Sam. As memórias de sua mãe viva, sua irmã saudável. Tudo havia desaparecido.

Era culpa dela.

Blake a abraçou pelo que pareceu uma eternidade. Quando ela levantou a cabeça do peito dele, notou que ele ainda estava de calça social e camisa. Uma barba de um dia cobria seu queixo, e seus olhos estavam tomados de preocupação. Sempre pecaminosamente bonito, ele parecia cansado.

— Estou bem agora — disse ela.

Ele recuou, mas não se afastou. Passou as mãos nos braços de Sam antes de entrelaçar os dedos aos dela.

Uma forte sensação de estar ancorada, de pertencimento, tomou conta de Sam. Os olhos de Blake perscrutaram seu rosto, como se procurasse sinais físicos de abuso. Sua preocupação com ela ficou presa na garganta de Sam, e a atração que sentia por ele cresceu dentro dela. Mesmo vulnerável como se sentia, ela sabia que não deveria flertar com ele ou chamar atenção para o fato de que ela estava em sua cama, vestindo apenas uma camisola leve.

Rompendo o contato visual, Samantha olhou ao redor do quarto.

— Você estava dormindo na poltrona?

— Eu só queria saber como você estava. Devo ter dormido sem perceber.

Mas ele havia jogado longe os sapatos, e seu paletó estava dobrado no encosto da poltrona.

— O que vamos fazer? Alguém está tomando medidas desesperadas para nos pegar nessa mentira.

— E quem quer que seja foi longe demais. — Ele apertou a mão dela.

Ela retribuiu.

— Então, o que fazemos agora? Sair da minha casa vai segurar por pouco tempo quem estiver por trás disso. A vigilância dos federais na casa da minha família durou mais de um ano, enquanto eles construíam o caso. Não temos como saber se alguém está assistindo ou ouvindo o tempo todo — disse ela.

Só de pensar em evitar as câmeras e os grampos telefônicos durante um ano lhe deu dor de cabeça.

— Vou descobrir quem fez isso. Ainda é ilegal entrar na casa de alguém e gravar.

— Pode ser ilegal, mas isso não vai impedi-los. Precisamos convencê-los de que estão perdendo tempo. Caso contrário, em algum lugar, de alguma forma, um de nós vai estragar tudo e revelar que esse casamento é temporário. Aí você vai perder tudo que tem para receber e, de alguma forma, vai ser culpa minha.

Ele estreitou os olhos e inclinou a cabeça, confuso.

— Por que culpa sua? Nós dois dissemos "sim" pelas razões erradas.

Com medo de que ele visse em seus olhos seus pecados passados, Samantha tirou as mãos das dele e puxou os joelhos contra o peito. Olhando para o lado oposto do quarto, disse:

— Talvez não seja tudo culpa minha...

Blake ocupou a linha de visão de Sam e colocou a mão em seu joelho. O calor de sua palma irradiou pela perna dela e a fez voltar a atenção para o homem sentado a seu lado.

— Agora que sabemos que estão jogando sujo com a gente, precisamos vencer nos termos deles. Vamos usar as câmeras para mostrar como eles estão errados a nosso respeito — ele sugeriu.

— E como vamos fazer isso?

Uma inclinação nos lábios dele escondeu um sorriso. A preocupação em seus olhos começou a desaparecer.

— Nós dois vamos até a sua casa arrumar suas coisas. Antes de chegarmos lá, vou enviar uma equipe para encontrar outras câmeras que possam estar escondidas.

— Isso não seria muito óbvio?

— Foi óbvio quando eles as plantaram lá?

Ela se perguntara isso a noite toda. Os técnicos da suposta empresa telefônica haviam sido os únicos que estiveram em sua casa desde que ela e Blake se casaram.

— Não.

— Vamos encontrar as câmeras e jogar o jogo deles.

A pulsação de Sam se acelerou.

— Jogar o jogo deles?

Blake estendeu a mão para colocar uma mecha de cabelo atrás da orelha de Sam. A sensação dos dedos dele em sua pele lhe provocou um choque. Ele sentiu a corrente também; Sam podia ver isso em seus lindos olhos cinzentos.

— Seria muito difícil me beijar de novo? Para as câmeras? — ele perguntou.

Ela lambeu os lábios e o fitou.

— Um beijo?

Ele levou a palma da mão à bochecha dela.

— Talvez uns amassos mais fortes. Deve ter um cômodo sem câmeras para onde a gente possa escapar. Vamos deixar que a pessoa que nos observa fique só imaginando.

Ah, ela imaginava. Imaginava o que sentiria nos braços dele. Pensava em beijá-lo novamente desde o dia do casamento.

— O que isso provaria? — ela perguntou, ignorando o modo como o polegar de Blake acariciava sua bochecha e provocava imagens eróticas das mãos dele em outras partes de seu corpo.

— Provaria que somos íntimos, que nos curtimos longe dos olhares do público. Enquanto eles pensarem que não sabemos que estamos sendo filmados, deve funcionar. O que você acha, Samantha? Está pronta para o desafio?

Ela deixou de olhar para os lábios dele e o encontrou olhando para os seus. Ele já sabia como incitá-la e deixá-la pronta para a briga.

— Estou.

O sorriso de Blake se abriu.

— É isso aí! Agora, por que você não pede à cozinheira para fazer o seu café da manhã enquanto eu tento dormir um pouco? Depois, vamos para a sua casa. Isso deve dar aos meus homens o tempo que eles necessitam para encontrar todas as câmeras e escutas.

Ele deixou cair a mão para o lado e se afastou da cama.

— Blake, e amanhã? E no dia seguinte? Vamos ficar fazendo isso durante um ano?

— Um dia de cada vez, meu bem. Somos duas pessoas inteligentes com o mesmo objetivo. Vamos pensar em alguma coisa.

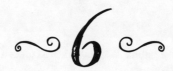

HAVIA CÂMERAS NA SALA DE estar, na cozinha e nos dois quartos. Da linha telefônica, eles já sabiam. De acordo com os homens de Blake, o carro de Sam estava limpo.

Merda! Alguém a observara enquanto ela se vestia, enquanto dormia... Samantha revelou a Blake a conversa que tivera com Eliza, a única que continha alguma menção ao casamento fraudulento. Provavelmente as câmeras haviam sido plantadas pelos sujeitos que se passaram por técnicos da companhia telefônica, ou talvez alguém tivesse entrado enquanto ela fazia sua corrida matinal.

Depois disso, as conversas entre eles haviam sido todas pelo celular, e geralmente quando ela estava fora de casa. Mas não importava, eles só tinham falado sobre a recepção e as pessoas que ela iria conhecer. É verdade que conversavam como um casal, o que era surpreendente, considerando que mal se conheciam.

Blake dirigia o carro, com Sam ao lado mostrando o caminho para a casa dela.

Conforme se aproximavam, a realidade do que estavam fazendo se espalhava pelos membros de Samantha.

— Você está retorcendo as mãos — disse Blake. — O que há de errado?

— Resposta sincera? — disse ela, sabendo o que ele diria.

— Sempre.

— Te beijar.

Ele a olhou rapidamente por trás dos óculos escuros e voltou os olhos para a rua.

— Me beijar é errado?

— Sim — ela deixou escapar. — Quer dizer, não.

Ele riu.

— Qual dos dois?

— Ai... e se eu engasgar? E se eu não parecer convincente? — E se ela estragasse tudo, desse à câmera exatamente o que eles queriam e Blake perdesse sua herança?

Ele tirou uma das mãos do volante e colocou sobre as dela, que estavam frias.

— Samantha...

— Sim.

— Relaxa. Me deixe assumir o controle.

Ela balançou a cabeça.

— Não estou acostumada a ter homens se encarregando da minha vida.

— Eu sei, mas pode confiar em mim.

Sam queria confiar nele, apesar de suas mãos continuarem tremendo quando pararam na entrada da garagem. Ele tirou a chave da ignição e virou para ela.

— Vamos entrar e começar a fazer as malas.

— Você vai me beijar assim que entrarmos? — Ela precisava saber, para poder se preparar.

Blake se inclinou para a frente e tirou os óculos escuros.

— Vem cá — sussurrou, olhando para os lábios dela.

Ela se aproximou, pensando que ele queria falar algo importante.

Mas, em vez disso, ele se inclinou e pousou os lábios suavemente sobre os dela. O calor foi instantâneo e provocou um choque que desceu até os dedos dos pés. Ela fechou os olhos quando conseguiu relaxar. Então ele se afastou.

— Beijar vai ser a parte fácil — disse ele sobre os lábios semiabertos de Sam. — Parar vai ser muito mais difícil.

Blake passou o dedão no lábio inferior de Sam antes de se voltar e abrir a porta.

Samantha sentia as pernas bambas e permitiu que ele segurasse seu braço para apoiá-la.

Ele olhou em volta do quarteirão, com ar claramente desaprovador.

— Esse bairro não me parece seguro. Há quanto tempo você mora aqui?

— Dois anos — disse ela, enquanto colocava a chave na fechadura e abria a porta.

Eles entraram no hall, e Samantha colocou a bolsa sobre a mesa.

— Eu tenho algumas caixas no quartinho lá trás.

— Vou pegar as do carro.

Enquanto seguiam em direções opostas, Samantha sentiu seus olhos atraídos para a câmera que sabia estar escondida em sua estante. Ela passou pelo móvel, atravessou a cozinha até o quartinho dos fundos e voltou com várias caixas de papelão empoeiradas, de diversos tamanhos. Deixou-as na mesinha de centro e olhou ao redor da sala.

Blake apareceu com meia dúzia de caixas, ainda desmontadas, e um rolo de fita adesiva.

— Podíamos usar estas para as minhas roupas, já que estão limpas — sugeriu ela.

— Tudo bem — disse ele, olhando para a escada.

Samantha foi na frente até seu quarto e pediu a Blake que deixasse as caixas em sua cama. Ele montou todas elas, encaixando as bordas. Depois de um pouco de fita adesiva, estavam prontas para usar.

— Por onde quer que eu comece? — Blake perguntou.

— Pelo closet.

Depois de vários minutos encaixotando coisas, Samantha esqueceu as câmeras e se debruçou sobre a cômoda. Pegou uma faixa simples e prendeu o cabelo para trás, longe do rosto.

— Devo me preocupar com essa quantidade de sapatos? — Blake perguntou do closet.

Ela riu.

— Foi você que pediu para eu fazer compras — brincou.

— Acho que vou ter que mandar construir outro closet só para você. — Havia um sorriso na voz dele.

— Mulheres adoram roupas.

— E sapatos, pelo que parece. Meu Deus, nunca pensei que alguém precisasse de tantos.

Samantha enfiou suas calcinhas em uma caixa e foi pegando mais.

— Sou baixinha, caso você não tenha notado. Preciso de salto alto para ver o mundo como o restante de vocês vê.

A voz de Blake se aproximou.

— Você não é baixinha — ele disse.

Ela se voltou para vê-lo segurando um par de escarpins com salto de dez centímetros.

— Verticalmente prejudicada, então. — Ela se endireitou para provar o que dizia. Em pé ao lado de Blake, o topo de sua cabeça chegava ao queixo dele. — Baixinha! — reiterou.

Os olhos de Blake pareciam atraí-la para ele.

— Eu não mudaria nada em você — disse ele.

Blake estendeu a mão e puxou a faixa que segurava os cabelos dela. Seus dedos roçaram as pontas, e Samantha se esqueceu de respirar. Quanto mais ele se aproximava, mais sem ar ela ficava. Ela inclinou a cabeça conforme ele chegava mais perto e permitiu que a boca de Blake cobrisse a sua. Ele deixou cair os escarpins e abraçou sua cintura, segurando-a bem perto.

Os seios de Sam tocaram o peito forte de Blake enquanto ele inclinava a cabeça para aprofundar o beijo. Só quando a língua dele passou por seus lábios, ela se lembrou das câmeras apontadas para os dois. Ficou rígida, mas Blake não a soltou. Em vez disso, deslizou as mãos por sua lombar e agarrou sua bunda.

O corpo de Samantha vibrava; a língua de Blake começou a dançar lentamente com a sua. Seu aroma de pinho e sua respiração quente facilmente a distraíam de tudo, e ela só conseguia sentir seu abraço, seu toque.

Seu ventre começou a se aquecer conforme o desejo a invadia. Fazia tanto tempo que ninguém a beijava desse jeito que ela havia esquecido como era bom. E alguma vez havia sido tão bom assim? Sam achava que não.

Blake gemeu, ou talvez tenha sido ela, quando seus lábios deixaram os dela e começaram a descer pelo queixo, pelo pescoço... Ele podia estar representando para as câmeras, mas seu corpo não sabia as regras.

O calor de sua ereção era bem evidente contra a barriga de Sam, mostrando a mesma necessidade que ela sentia.

— Senti saudades — ele sussurrou no cabelo dela.

Samantha levou as mãos até as costas dele e agarrou a barra da camisa.

— Também senti.

Os olhos de Blake capturaram os dela, e o brilho travesso que Sam viu neles a fez sorrir. Quando as mãos de Samantha encontraram a carne nua das costas de Blake, os olhos dele escureceram. Ele a beijou de novo, dessa vez com desespero. Ela sentiu a mão dele segurar um seio por cima da camiseta. Queria senti-lo mais perto, queria que ele saboreasse sua pele no ponto em que as mãos dele vagavam.

— Ah... — ela sussurrou. *Isso é perigoso*. O desejo deles era real, pelo menos para ela.

— Sabe o que eu quero? — ele perguntou quando deixou os lábios dela.

— O quê? — Ela beijou seu queixo e começou a abrir os botões da camisa dele.

Blake se inclinou e a pegou no colo. Ela deu um gritinho e se agarrou aos ombros dele para não cair.

— Quero ter você todinha no chuveiro.

Samantha sorriu e cruzou os tornozelos enquanto Blake caminhava para fora do quarto, longe dos olhares curiosos.

Quando chegaram à porta do banheiro, ele a colocou de volta no chão e grudou os lábios nos dela novamente. A parte de trás das pernas dela bateu na bancada de fórmica barata enquanto eles se espremiam no espaço pequeno. Blake a levantou e a sentou no balcão da pia. O tempo todo, seus lábios continuavam a dançar junto aos dela. Ele se encaixou entre as coxas de Sam, que levou os quadris para a frente, desesperada por mais contato.

O som da porta se fechando foi registrado por um cantinho do cérebro de Sam, mas ela manteve os lábios colados aos dele.

Estavam sozinhos. Nada de câmeras, nada de olhares vigilantes.

O conforto da boca de Blake a abandonou, indo descansar em sua têmpora. Ela quase gritou com a perda. Ele manteve os braços em volta do corpo dela, firmemente presa em seu abraço. A realidade lentamente foi se infiltrando, enquanto ambos buscavam retomar o controle.

Ela não deveria estar tão à vontade nos braços dele. Como conseguiria ficar longe de sua cama se continuassem brincando de roleta-russa?

Samantha começou a se afastar, mas Blake a segurou.

— Preciso de um minuto — sussurrou no ouvido dela, com a voz áspera de desejo.

Ela se inclinou contra ele e afrouxou os braços em seus ombros largos. Por alguns instantes ficaram imóveis, sem falar nada. Blake corria as mãos para cima e para baixo nas costas dela, com movimentos lentos e constantes.

— Não devíamos ligar o chuveiro? — ela perguntou por fim, sem saber se Blake a soltaria um dia.

O olhar turvo de Blake encontrou o dela, e ele ergueu uma sobrancelha.

— Isso é um convite?

— Para as câmeras — ela disse depressa.

Era decepção brilhando nos olhos dele?

— Claro. — Ele balançou a cabeça e se afastou dos braços dela. O lugar ficou instantaneamente gelado.

O banheiro minúsculo não deixava muito espaço para nenhum dos dois, de modo que Samantha ficou na bancada vendo Blake abrir o chuveiro. Quando ele virou para ela e apoiou as costas na porta, tentou sorrir, mas o sorriso não alcançou seus olhos.

— Isso é loucura, não é? — ela perguntou, desejando desesperadamente saber o que ele estava pensando.

Ele passou a mão pelo cabelo em um gesto que Sam estava começando a reconhecer como um sinal de estresse.

— Loucura é como eu te quero, e quanto esforço estamos fazendo para convencer as pessoas de que estamos transando, quando na realidade não estamos.

Ela tentou sorrir para aliviar a tensão.

— Falando assim, parecemos totalmente malucos.

O vapor do chuveiro começou a preencher o banheiro. Pela primeira vez desde que se conheceram, o silêncio que se instalou entre eles era do tamanho do Grand Canyon.

— Por quanto tempo vamos ter que ficar aqui? — Sam perguntou.

Blake olhou para o chuveiro como se ali estivesse a resposta.

— Bom, se eu estivesse ali fazendo amor com você, passaria muito tempo conhecendo cada centímetro do seu corpo.

Samantha mordeu o lábio e imaginou a língua de Blake traçando caminhos, criando fricção.

— Essa conversa vai acabar nos deixando em apuros.

— Por que mesmo estamos sentados aqui deixando toda essa água quente correr pelo ralo?

Inferno, se ela soubesse... Ah, sim: eles eram casados, e ter intimidade não fazia parte do pacote.

— Porque nós dois somos mercenários, e transar não faz parte do plano. Agir por impulso pode estragar tudo. — As palavras dela faziam sentido, mas seu coração não lhe dava ouvidos. O banheiro se encheu de vapor, e suas roupas começavam a ficar coladas no corpo.

— Podemos mudar o plano — sugeriu ele.

O corpo de Sam começou a formigar só de pensar na possibilidade.

— Você está sugerindo um caso de um ano?

Samantha conseguiria fazer isso?

Então o sorriso de Blake se abriu e iluminou seus olhos.

— Nós dois somos adultos, e a atração entre nós é muito clara.

O que ainda deixava Sam espantada. O que Blake via nela? Em comparação com Vanessa ou Jackie — perdão, *Jacqueline* —, Samantha era um patinho feio em um lago cheio de cisnes brancos. Talvez ele estivesse percebendo que o casamento com ela durante um ano atrapalharia seriamente sua vida sexual.

— Eu nunca comecei um caso com uma data final em mente.

— Nem eu. — Enquanto falava, ele se aproximou e apoiou a mão no balcão ao lado dela.

— Sei! Então por que seus relacionamentos nunca duram mais que nove meses?

— Coincidência.

— Mentiroso.

Ele arregalou os olhos com horror fingido.

— Você está me magoando.

— É preciso mais que isso para te magoar.

Blake passou o dedo pelo queixo e pelo lábio inferior dela.

— Você já me conhece tão bem... Somos muito parecidos, Samantha. O que haveria de errado em um relacionamento físico satisfatório com começo, meio e fim?

Ele baixou o olhar até os lábios de Sam e se aproximou. O inegável poder de atração daquele homem tornava difícil raciocinar. E esse era o problema. O desejo estava nublando seu julgamento, como a névoa no banheiro. Ela havia se casado com ele por dinheiro, mas conseguiria manter seu coração fora do jogo se começassem a transar?

— Você é tão convincente assim em todos os seus negócios?

— Quer dizer que estou te convencendo? — As mãos dele encontraram a cintura dela, e seus dedos a apertaram.

— Perguntar isso agora que estou excitada não é justo. Você sabe disso, não sabe?

Ele descansou uma das mãos na coxa de Sam e começou a subir lentamente.

— Eu raramente jogo limpo. E nunca jogo quando acho que não vou ganhar.

Aquilo era um aviso, no qual ela precisava prestar atenção. Relutantemente, Samantha impediu que a mão dele subisse por sua perna.

— Vou pensar — disse ela. Porque dizer "não" era impossível, e dizer "sim" era imprudente.

Blake manteve um grato sorriso nos lábios.

— Tudo bem.

Ela empurrou o peito dele, pulou da pia e começou a tirar a camiseta.

— Nossa, já pensou?

Samantha revirou os olhos e jogou a blusa no chão. Por baixo, usava um sutiã de renda rosa.

— Me dê a sua camisa — disse ela.

— O quê? — Os olhos de Blake não desgrudavam dos seios dela. *Os homens são tão fáceis.* Um par de peitos os deixava sem palavras.

— Sua camisa.

Ele piscou duas, três vezes, então desabotoou a camisa branca, revelando o peitoral masculino.

Samantha desviou os olhos, contornou Blake e abriu a cortina do boxe. A água havia esfriado enquanto eles conversavam, mas servia para ela. Com o restante do corpo fora d'água, enfiou a cabeça sob o chuveiro, tremendo enquanto molhava os cabelos.

— O que você está fazendo?

Pobre Blake... estava tendo dificuldades para acompanhar o raciocínio de Sam. O fato de ela ter conseguido mantê-lo em um estado de semiconfusão lhe provocou uma onda de prazer.

— Caso não tenha percebido, acabamos de transar debaixo do chuveiro. Se sairmos daqui secos, vamos nos delatar. — Os olhos de Sam desceram pelo corpo dele, até a óbvia ereção que pressionava a calça social. — Isso e... outras coisas.

Blake olhou para baixo e gemeu.

Samantha vestiu a camisa dele. Depois de abotoá-la, tirou o sutiã devagar e se inclinou para tirar a calça jeans. Quando se livrou de suas roupas e se endireitou, os olhos de Blake estavam tão cheios de desejo que ela sentiu pena dele. A água gelada pingando de seus cabelos em suas costas havia dado um jeito de esfriar sua libido.

— Você é perversa. — As palavras famintas de Blake a fizeram rir.

Ele tentou agarrá-la, mas ela deu um gritinho e conseguiu escapar. Ele deixou as mãos caírem ao lado do corpo.

— Tome um banho frio, Blake. Eu disse que ia pensar.

— Vou tirar a roupa e podemos pensar nisso juntos.

Ela riu.

— Mesmo que eu decidisse aceitar sua proposta completamente insensata, não faria nada agora. Não com uma câmera no quarto ao lado.

Blake esfregou o rosto com as mãos.

— Mas a ideia é convencer essa gente de que estamos transando. Por que simplesmente não...

— Isso não vai acontecer — ela o cortou. — Tome um banho frio.

Vestindo apenas sua calcinha e a camisa de Blake, Samantha saiu do banheiro. Enquanto encaixotava mais algumas peças, não conseguiu evitar de sorrir.

⁓ꝏ⁓

Eles embalaram um mínimo de coisas, principalmente roupas e objetos pessoais de que Samantha precisaria de imediato. Blake sugeriu contratar uma empresa de mudança para o restante. Ele fez questão de mencionar isso na frente da câmera na sala de estar. Com um pouco de sorte, quem quer que tivesse plantado as câmeras se esforçaria para retirá-las antes que o pessoal da mudança tivesse chance de encontrá-las.

Neil havia contratado alguns amigos para vigiar a casa, seguir e filmar quem quer que entrasse ou saísse. Poderiam dar sorte, encontrar os culpados e pôr fim aos olhares vigilantes.

De volta à sua casa em Malibu, Blake informou à sua equipe que deveriam providenciar imediatamente tudo de que Samantha precisasse. Ela era a dona da casa, e ele esperava que fosse tratada como a duquesa que era. Blake considerava o papel dela ali um ensaio para o que estava por vir.

— Faz muito tempo que não tenho empregada — disse Sam quando estavam sozinhos.

— Eu não posso permitir que a minha esposa faça trabalhos domésticos. — Ele estava preparado para uma discussão e sorriu quando ela não o desafiou.

— Eu nunca gostei de faxina. Não vou reclamar.

A sinceridade desavergonhada dela sobre um assunto tão simples agradou a Blake.

— Você não vai ter tempo para isso, de qualquer forma — ele comentou.

Eles se sentaram na varanda para observar o pôr do sol sobre o Pacífico.

— Por quê?

— Eu preciso que você fale com o bufê e os decoradores sobre a recepção no Albany Hall.

— Você quer que eu planeje uma festa em um lugar onde nunca estive, para pessoas que não conheço?

Blake lhe lançou um olhar solidário.

— Preciso que você aprove o que eles sugerirem. Eu confio completamente na minha equipe, mas preciso que eles estejam preparados para lhe perguntar sobre essas coisas quando chegar a hora. É melhor começar esse relacionamento agora.

Ela esticou as pernas na espreguiçadeira e as enfiou debaixo de uma manta.

— É a primeira festa que você dá na sua casa?

— Não.

— E quem planejava antes? Não imagino você fazendo isso.

A mente dela era afiada.

— Minha mãe cuidava da maior parte do planejamento das festas. — Embora sua mãe quisesse continuar planejando tudo em sua casa ancestral, ele queria garantir que Samantha desse sua opinião.

Ela não controlou a curiosidade por muito tempo antes de começar a fazer mais perguntas.

— Onde sua mãe mora?

— Em Albany Hall.

— Ela mora com você? — Havia surpresa na voz de Sam.

Blake se perguntou quanto deveria revelar, até que ponto podia confiar em sua esposa. Começou com os fatos que Samantha poderia obter facilmente, se procurasse.

— Minha mãe era a duquesa de Albany durante o tempo em que foi casada com o meu pai. Depois que ele morreu, ela manteve o título até eu me casar com você.

— Uau. Isso é que é saia-justa entre sogra e nora. Não pode ser uma coisa boa.

Blake se voltou na cadeira para olhar para ela.

— Isso já era esperado. Ela sabia que esse dia chegaria mais cedo ou mais tarde. Uma vez que o testamento do meu pai foi aberto, tenho certeza que ela percebeu que eu faria de tudo para garantir a minha herança.

— Você e sua mãe são próximos?

— Nos damos bem.

— Humm, não parece muito promissor.

O ar ao redor de Blake começou a esfriar. Houve um tempo em que ele e sua mãe eram próximos: quando o objetivo comum dos dois era odiar seu pai.

— Não precisa se preocupar com ela.

Samantha parecia reunir as informações, processá-las e, então, expor sua avaliação.

— Mas existe alguém com quem eu preciso me preocupar, não é?

Ele queria mentir, mas não podia. Com Sam, parecia errado deixar que as mentiras inofensivas começassem e se interpusessem entre eles.

— Meu primo. Ele está na minha lista de pessoas que podem ter plantado aquelas câmeras na sua casa.

— Você está brincando?

— Quem me dera. O Howard vai herdar uma fortuna se o nosso casamento fracassar.

— Imagino que vocês dois não são muito chegados.

— Dizer que mal nos toleramos é uma descrição melhor. Ele fica em Albany a maior parte do tempo. Minha mãe é muito gentil para mandá-lo embora.

— E por que você não faz isso?

— Eu não fico lá por tempo suficiente para me importar. Mas agora isso vai mudar.

— Como assim? — perguntou Samantha.

— Minha mãe tem o direito de morar na casa até que a propriedade venha para mim, no ano que vem. Uma vez que eu me case, minha esposa assume os deveres de duquesa, então minha mãe deve se mudar para a casa menor dentro da propriedade.

Blake não esperava que Sam ouvisse tudo isso e compreendesse de cara, mas queria que ela soubesse a maior parte antes que partissem para a Europa.

— Acho que eu não pesquisei o suficiente sobre a casa da sua família. Achei que Albany Hall era um nome conveniente para uma casa da nobreza, algo que os ingleses usam para tornar as coisas mais grandiosas do que são. — Samantha brincava com uma mecha de cabelo enquanto falava. Seus olhos continuavam fugindo em direção ao mar.

— Quando você conhecer Albany Hall, vai entender minha relutância em escolher uma noiva.

— Humm... sabe, tem algo me incomodando desde que nos conhecemos.

— O quê?

— Por que você não tem sotaque britânico? Você cresceu lá, não é?

Lembranças de seu pai o repreendendo por não falar corretamente passaram pela cabeça de Blake. Ele fizera tudo o que podia para ir contra os desejos de seu pai, até falar o inglês americano, e não o inglês da rainha.

— Eu passava os verões em Albany quando estava no internato. Sempre que podia, minha mãe me trazia com a minha irmã para os Estados Unidos. E eu mergulhei de cabeça na cultura americana. — Blake notava a neblina se aproximar à medida que sua mente vagava com ela. — Eu me rebelei contra o meu pai de muitas maneiras.

— Você acha que o conflito entre vocês dois levou o seu pai a dificultar que você recebesse a sua herança?

Blake balançou levemente a cabeça.

— Meu pai sempre tinha que ter a última palavra, mesmo depois de morto.

— Ele era tão horrível assim?

— Meu pai era um típico aristocrata britânico. O dinheiro de família enchia seus bolsos e lhe concedia a capacidade de ser um cretino arrogante sempre que quisesse. Ele se casou com a minha mãe sabendo que seria infiel.

Ele recordou a primeira vez em que vira sua mãe chorando por causa da infidelidade de seu pai. Um tabloide britânico havia estampado o rosto dele na capa, com uma mulher dez anos mais jovem a tiracolo. Foi quando as viagens aos Estados Unidos começaram a moldar a vida de Blake.

— Ele achava que tinha o direito de pisar nas pessoas.

— Por que sua mãe não o abandonou?

A suavidade na voz de Samantha forçou a atenção de Blake a se afastar do mar. Os olhos verde-claros dela o observavam através dos cílios baixos, como se ela fosse uma intrusa tentando evitar ser detectada.

— Não sei. Dinheiro, provavelmente. Eles nunca falaram em divórcio. Viveram vidas separadas a maior parte do tempo. Depois que a minha irmã nasceu, deixaram de dormir no mesmo quarto.

— Foi o seu ódio pelo modo como o seu pai tratava a sua mãe que afastou vocês dois?

Blake realmente odiava o pai? Ele nunca havia dado uma palavra tão forte às suas emoções. Mas não gostava do homem, disso não havia dúvida.

— Meu pai queria que eu fosse igual a ele. "Vá para a escola, tenha uma formação, mas não pense que precisa trabalhar mais do que um dia por semana", ele dizia. — O sotaque de seu pai se infiltrava nas palavras irônicas de Blake.

Um sorriso triste se espalhou no rosto de Samantha.

— Então você se rebelou para fazer a sua própria fortuna.

Blake se endireitou na espreguiçadeira.

— Eu apliquei a minha mesada em ações da empresa de navegação que agora é minha. Na metade da faculdade, fiz meu primeiro milhão. Meu pai ficou furioso.

— Ele queria te controlar — disse Samantha —, mas não poderia fazer isso se você se virasse sozinho.

Blake olhou para sua esposa e teve uma sensação esmagadora de orgulho. Não conseguia se lembrar de alguém que tivesse mergulhado tão fundo em seu passado e entendido tudo tão perfeitamente. Samantha escutava de verdade o que ele dizia.

— Exatamente.

— Mas, então, por que tanto esforço para ficar com o dinheiro dele? Você não precisa disso.

— Eu pensei em deixar para lá, mas minha irmã, que só conhece o estilo de vida em que fomos criados, e também minha mãe não merecem ser arrancadas da vida que sempre tiveram. Sem contar que estamos falando de uma quantia exorbitante de dinheiro. — Ele riu, tentando deixar esquecer o sombrio passeio pelas memórias.

Samantha pareceu meditar por alguns minutos sobre a informação, enquanto os últimos raios de sol se refletiam no oceano.

— Sabe de uma coisa, Blake? — disse ela, enquanto seus olhos deixavam os dele e encaravam o sol poente.

— O quê?

— Estou começando a achar que você é mais mártir que mercenário.

Ele caiu na gargalhada, estendeu a mão e pegou a dela.

— Disse a mulher que casou comigo para poder cuidar da irmã.

Samantha despertou de repente de suas divagações e apertou a mão dele.

— Ah, não. Jordan! — Ela deixou sua posição confortável e se levantou de um pulo.

— Que foi?

— Hoje é sábado. Esqueci minha visita semanal à minha irmã. Tenho que ir.

— Não é muito tarde?

Ela fez um aceno com a mão.

— Claro que não. — E lhe lançou um olhar curioso. — Quer vir comigo e ver para onde está indo todo o seu dinheiro?

Havia uma dúzia de coisas que Blake deveria ter feito em vez de revelar seu passado a sua esposa. Mas não queria fazer nenhuma delas.

— Eu adoraria conhecer a sua irmã.

— ESTE LUGAR É INCRÍVEL. — Eliza deu um giro completo no meio da sala de estar de Blake. — Não acredito que você não veio correndo morar aqui assim que vocês voltaram de Las Vegas.

— Não parecia certo.

— E agora parece? O que mudou? — Eliza se jogou no sofá fofo e cruzou as pernas.

Samantha baixou a voz, embora a cozinheira estivesse ocupada preparando o almoço e a empregada estivesse lá em cima, fazendo sabe-se lá o quê. Blake passaria o dia no escritório, o que deixara Sam com pouca coisa para fazer.

— Estamos ficando mais à vontade juntos, eu acho. Não posso ter em Tarzana a segurança que eu tenho aqui.

— Tem razão. Mas, se quer saber, aquele sujeito, o Neil, é meio assustador. — Eliza havia conhecido o grandalhão quando ele fora buscá-la no carro dela para acompanhá-la até a entrada da casa.

— Ele não fala muito.

— Ele não me falou nada. Só ficou me encarando.

— O Blake insiste em dizer que o Neil é inofensivo para quem não pisa na bola com ele.

Samantha afundou em uma das cadeiras Queen Anne, de frente para sua amiga. O conjunto de seda que ela usava quase flutuava sobre sua pele e a fazia sentir como se não estivesse usando nada. Com tempo de sobra, Sam demorava mais para se vestir de manhã e passava mais tempo se embonecando.

Quando Blake acompanhou Samantha ao Moonlight, alguns dias antes, ela teve que enfrentar toda a força de ser casada com um homem tão rico e bonito como ele. Blake encantou os funcionários e ganhou mais do que alguns sorrisos de sua irmã. Desde o acidente vascular cerebral de Jordan, sua capacidade de expressar as próprias necessidades diminuía cada vez mais. Afasia expressiva era como os médicos chamavam seu distúrbio. Para evitar que sua irmã ficasse excessivamente ansiosa e frustrada, Sam muitas vezes terminava as frases de Jordan. Blake parecia entender a situação e se esforçou para fazer perguntas que pudessem ser respondidas com sim ou não, evitando assuntos com potencial para causar estresse.

Quando estavam saindo, Blake foi atrás de um dos diretores e, como se tivesse um interruptor, desligou seu charme e acionou o lado homem de negócios. Ele queria saber sobre a segurança da clínica, como evitavam que estranhos entrassem no quarto de Jordan e quem ficava com ela quando não era hora das refeições. Um rápido fluxo de perguntas, que ele poderia ter feito a Samantha, foi disparado e respondido antes que ela pudesse interromper. A sinceridade dele em relação aos cuidados e à segurança de sua irmã impediu Sam de se irritar com ele. No entanto, depois que saíram, quando ele começou a questionar a capacidade da clínica de cuidar corretamente de Jordan, Samantha ficou na defensiva.

— É a melhor clínica para pessoas na situação da Jordan. A maioria dos lugares é para idosos com Alzheimer. A Moonlight é especializada em pacientes mais jovens com problemas de desenvolvimento.

— Por que não cuidar dela em casa?

Claro, teria sido o ideal, mas Samantha não tinha como pagar esse tipo de atendimento domiciliar vinte e quatro horas por dia.

— Eu não podia.

Ela havia tentado cuidar da irmã sozinha, mas fracassara. Quando Blake percebeu como essa conversa a perturbava, decidiu mudar de assunto.

— Fico feliz pelo Neil estar do seu lado. Eu não gostaria de ser inimiga desse cara — disse Eliza, afastando Samantha de seus pensamentos. — Então, o que vamos fazer com a Alliance?

87

Sam havia pensado muito sobre como prosseguir com os negócios. O fato era que assumir o papel de esposa de Blake Harrison ocuparia a maior parte de seu tempo e a faria viajar ao redor do mundo. Seu passaporte havia chegado na segunda-feira cedo, e ela e Blake estavam arranjando a partida para quarta de manhã.

— Tenho uma proposta para você. — Sam esperou que Eliza olhasse para ela antes de continuar. — Eu trabalhei duro demais na Alliance para perder tudo, mas, obviamente, vou estar indisponível nos próximos meses.

— Eu pensei que vocês iriam viver em continentes diferentes.

Sam balançou a cabeça.

— O plano original não vai funcionar como esperávamos. Por causa dos grampos e das câmeras de vigilância, achamos melhor ficar perto um do outro.

Samantha pensou na proposta de Blake. Ele não a pressionara para transar desde aquele dia no banheiro, mas lançava olhares lascivos e comentários sexy para ela saber que ele ainda a queria na cama. Assim, Samantha dormia no quarto ao lado do de seu marido, alegando indisposição aos empregados. A desculpa era fraca, mas ninguém comentara o assunto.

— E onde isso deixa a Alliance?

— O que acha de ser minha sócia?

Eliza arregalou os olhos e um sorriso se formou em seus lábios.

— E como seria isso?

— Eu precisaria que você fizesse um pouco do trabalho de campo.

Ambas sabiam que isso significava que Eliza teria de comparecer a encontros nos quais mulheres procuravam maridos ricos e a eventos elegantes onde milionários costumavam circular. Socializar era a melhor maneira de captar clientes. O boca a boca funcionava melhor que qualquer anúncio nos jornais.

— A Karen já concordou em te apresentar para alguns amigos dela para te preparar — Sam explicou.

— A Karen é a diretora da Moonlight, certo?

A loira estonteante que Blake não havia olhado duas vezes. Sam assentiu com a cabeça.

— Quando você tiver um novo contato, me envie as informações que vou começar a checar os antecedentes. Posso fazer isso de qualquer lugar do mundo, mas o que não posso fazer é me reunir com as pessoas, até que o meu tempo seja meu de novo.

— E quando você espera que isso aconteça?

— Daqui a alguns meses. Talvez antes.

Eliza parecia tentar conciliar a nova perspectiva em sua mente.

— Acho que não pegaria bem para você falar de relações temporárias depois do seu casamento com o Blake em Las Vegas. As pessoas poderiam começar a fazer perguntas.

— Exatamente. Vou colocar as coisas no seu nome, para que pareça que eu sou sua funcionária. — Porque qualquer advogado que se prezasse descobriria tudo, se ela não tomasse essa providência.

— Você faria isso?

— Eu confio em você. E, quando ofereci sociedade, estava falando sério. Se as coisas ficarem muito difíceis para você quando eu estiver fora, contratamos uma secretária por meio período. Se as coisas decolarem, contratamos em período integral. Dividimos os lucros meio a meio, e, enquanto estiver bancando a duquesa, eu arco com os gastos.

Os olhos de Eliza se iluminaram.

— Tipo vestidos chiques e jantares com clientes?

Samantha riu.

— Tenho certeza que podemos chegar a uma verba razoável.

— Não sei nem o que dizer.

— Diga sim.

— Mas a empresa é sua. Você trabalhou duro, e eu sou nova no pedaço.

Sam descruzou as pernas, se inclinou para a frente e colocou a mão sobre a de sua amiga.

— Você me ajudou nos tempos difíceis e nunca reclamou quando o dinheiro era curto.

— E você me ofereceu um quarto na sua casa. É meio difícil reclamar quando você me acolheu a troco de nada.

Sam fez um gesto despreocupado com a mão.

— Eu posso ter começado esse negócio, mas foi graças a nós duas que ele chegou até aqui. Não confio em mais ninguém além de você, Eliza.

A moça anuiu devagar e abriu um sorriso.

— Como dizer não a isso?

— Ótimo.

— Sra. Harrison? — chamou a cozinheira da entrada da sala.

— Sim, Mary?

— O almoço está pronto. Gostaria de comer aqui ou na sala de jantar?

Pelo sorriso dissimulado de Eliza, Samantha pôde ver como ela estava impressionada.

— Vamos comer na sala de jantar. E você também vem com a gente.

Alarmada, Mary arregalou os olhos.

— Ah, não, eu não posso fazer isso.

Samantha e Eliza se levantaram e caminharam em direção a ela.

— Ah, pode sim. — Sam ria enquanto falava. — Eu não espero que você faça o almoço e depois coma sozinha.

— Mas...

— Além disso, o aniversário do Blake é daqui a menos de uma semana, e, para dizer a verdade, não tenho ideia do que comprar para ele. Talvez você possa me ajudar.

A boca de Mary formou um O perfeito. Ela parou de discutir e seguiu Sam e sua nova sócia até a sala de jantar.

No meio da refeição, Samantha percebeu como tinha voltado depressa ao papel de mulher rica. Mas parou enquanto comia, recordando que tudo poderia desmoronar rapidamente. No caso dela, seria exatamente isso que aconteceria. Seu arranjo com Blake era temporário, com um começo definido e um fim específico. Ela teria que evitar esses pensamentos por mais um ano, ou correria o risco de expor seu casamento de curto prazo a quem quer que prestasse atenção.

E, para evitá-los, precisava começar a agir como uma mulher casada, pensou.

Uma mulher casada e feliz.

Blake atravessou os portões de sua propriedade em Malibu duas horas depois do horário em que dissera a Samantha que estaria em casa. Com os conflitos no Oriente Médio, algumas de suas rotas marítimas precisaram ser desviadas para evitar a turbulência internacional. Teria sido mais fácil lidar com a crise da empresa se ele estivesse na Europa, mas Blake havia se acostumado a lidar com as coisas dos dois continentes. E agora, com Samantha em sua vida, ele tinha uma razão ainda melhor para desviar mais o seu trabalho para os Estados Unidos.

Quando ele ligara, às cinco e meia da tarde, para dizer que chegaria atrasado, ela parecera decepcionada, o que o levara a se apressar para poder passar um tempo com Sam antes de ela ir dormir. Blake sentia um desejo genuíno de conhecê-la melhor.

Não havia nenhum joguinho com sua esposa. A sinceridade descarada dela era revigorante.

A lembrança de Sam tirando a blusa e a calça jeans o deixava duro toda vez que ele pensava nisso. A ânsia de ter sua esposa em sua cama implorando por seu toque era irresistível. Embora ele tivesse prometido lhe dar um tempo para pensar em sua oferta, isso não significava que não tentaria seduzi-la para conseguir o que queria. Caramba, ela o queria também. Blake via isso em seus olhares disfarçados, quando Sam achava que ele não estava olhando, e na maneira como ela lambia os lábios enquanto o encarava.

Blake havia propositalmente evitado beijá-la desde que ela se mudara para a casa dele. No entanto, cada toque, cada vez que ele a ajudava a sair do carro ou colocava a mão em suas costas frágeis para guiá-la por uma porta, era uma tortura. Ele mal podia esperar para explorar a atração que eles sentiam e ver com que força ela explodiria.

Quando entrou em casa, Blake sentiu um forte desejo de gritar: "Querida, cheguei!" Sorriu ao pensar nisso e caminhou através dos salões calmos, até que o brilho suave da luz de velas na sala de jantar chamou sua atenção.

Samantha estava sentada à mesa com um delicado vestido vermelho de seda e um sorriso. Seu cabelo caía sobre os ombros como uma suave cortina. Seus olhos brilhavam enquanto o observava entrar na sala.

Então, o cheiro de carne suculenta inundou suas narinas, fazendo-o lembrar que não comia nada desde o meio-dia.

Samantha ergueu uma taça de vinho tinto e se levantou, caminhando em sua direção.

— O que significa isso tudo? — ele perguntou, seguindo com o olhar as curvas delicadas do corpo de Sam.

Seus seios se erguiam acima do decote do vestido, expondo a carne leitosa. Suas pernas, que ela sempre dizia que eram muito curtas, espiavam através da fenda do vestido e se erguiam em saltos de dez centímetros que deixavam suas panturrilhas incríveis. Blake decidiu que gostava de sapatos femininos. Mais um closet era um preço baixo a pagar para ter uma visão tão sexy.

— Achei que seria legal jantarmos sozinhos enquanto podemos. Sua casa na Inglaterra parece muito... cheia.

Blake pegou a taça que ela lhe ofereceu, procurou o ruído de Mary na cozinha ou de Louisa no corredor, mas não ouviu nada além do som fraco do oceano através da janela aberta.

— Estamos sozinhos?

— Dei a noite de folga para a Mary e a Louisa.

Ele gostou de ouvir isso. O olhar sensual de Samantha pôs várias perguntas na ponta da língua de Blake. Ele as adiou e entrou na dela. Se Sam tivesse decidido aceitar sua oferta de terem um caso, ele logo descobriria.

— Tenho certeza que elas não acharam ruim.

Samantha puxou uma cadeira para ele e o fez sentar.

— Só perguntaram a que horas deveriam estar aqui de manhã.

— De manhã? Elas moram aqui.

Samantha tirou a tampa de uma das travessas, deixando escapar uma nuvem de vapor. Serviu carne assada no prato diante dele, acompanhada de aspargos e batatas gratinadas.

— A Louisa tem um namorado que ficou muito feliz de passar a noite com ela.

— Eu não sabia que ela tinha namorado.

— E a Mary ficou contente de poder visitar o neto e a filha.

Samantha terminou de servir os dois e se sentou ao lado dele antes de pegar o garfo. A concentração de Blake na comida era zero, por causa do cheiro de lavanda da pele de Sam tão perto.

— E o Neil?

— Está na casa dele. Pedi que nos desse um pouco de privacidade.

Blake sentiu um nó no estômago e um calor no corpo.

— Para que precisamos de privacidade, Samantha? — Ele lhe lançou um olhar malicioso e pegou o garfo.

— Achei que seria uma mudança agradável. — Ela espetou os legumes e os levou à ponta da língua para prová-los. Quando o aspargo desapareceu na caverna de sua boca e seus olhos captaram os dele, acabaram todas as preocupações acerca de onde acabariam a noite.

A pergunta era: comeriam antes... ou depois?

Blake soltou um gemido enquanto ela mordia delicadamente a ponta dos legumes e mastigava devagar. A boca dele estava seca. Manteve os olhos colados nos de sua esposa enquanto esticava a mão e pegava a taça de vinho. Forçando-se a comer, deu duas garfadas enquanto ela ainda estava na primeira.

— Como foi seu dia? — ela perguntou, inocente, depois de lamber a borda da taça de vinho e dar um gole.

— Tudo bem. — Aquela era a voz dele?

Ela sorriu, sabendo muito bem o efeito que causava nele. Então, bebeu mais um gole e comeu mais uma garfada. Seus lábios se moviam lentamente, reduzindo a escombros o cérebro de Blake. Comer nunca havia sido tão sedutor.

Ele comia depressa. Incapaz de pôr mais uma garfada na boca, Blake virou o restante do vinho e bateu a taça na mesa.

O sorriso inocente e a surpresa fingida de Samantha aumentaram a tensão sexual que os rodeava.

— Está tudo bem? — ela perguntou.

Ele se levantou, empurrando a cadeira para trás sem cerimônia.

— Ah, está tudo perfeitamente bem.

Ela foi pegar o vinho, mas ele agarrou sua mão no meio do caminho e a puxou para ela se levantar. Não lhe dando chance de fugir, esmagou os lábios contra os dela. Assim como ele, ela aceitou vorazmente a língua dele em sua boca e ofereceu a sua também.

Ela tinha gosto de vinho e cheiro de primavera. Blake inclinou a cabeça e aprofundou o beijo. As mãos de Sam agarravam a camisa dele, mas logo relaxaram, se abriram, e ela as deslizou sobre o peito dele antes de rodear suas costas. Samantha gemia e se derretia em seus braços. Cada toque dela era real e vivo de desejo. Ela se encaixava perfeitamente nele. Sua luta pelo controle, mesmo nesse momento, era nova e excitante. Ninguém jamais dirigira os relacionamentos de Blake. Ele nunca cedera as rédeas. Mas, com Samantha, podia relaxar e confiar que ela os levaria por águas seguras.

Quando Samantha tirou o paletó dele, Blake afastou os lábios dos dela para poder respirar, se permitindo olhar dentro dos olhos verdes e ardentes da mulher em seus braços.

— Você é linda.

Diferentemente das outras vezes em que ele lhe havia feito um elogio, parecia que dessa vez ela acreditava nele.

Dedos ágeis começaram a puxar sua gravata enquanto Blake apoiava Sam na ponta da mesa de jantar, longe dos pratos de comida. Sua gravata caiu no chão, e Samantha se inclinou para a frente, lambendo e mordiscando o queixo e o pescoço dele. Com sua voz sexy, disse entre uma mordida e outra:

— Pensei na sua última proposta.

Ela havia feito mais que pensar.

Passando a mão pelo ombro de Sam, ele abaixou a alça do vestido dela e pressionou os lábios na pele entre o ombro e o pescoço. Tão doce...

— Chegou a alguma conclusão? — perguntou, jogando o jogo dela, mas ciente do placar.

Blake tomou entre os dentes o lóbulo da orelha de Sam, fazendo seu corpo estremecer. Ele arquivou mentalmente a informação sobre esse ponto que a fazia tremer de prazer. Jurou que encontraria mais zonas assim antes que a noite acabasse.

— Eu... eu cheguei à conclusão de que posso ser mercenária, mas não sou masoquista.

Ele lambeu a parte de trás da orelha dela.

— Ah, meu Deus, faça isso de novo.

Ele sorriu e fez o que ela pediu. Sentir a perna dela se esfregando na sua e seus quadris buscando contato fez cada músculo no corpo de Blake se retesar ao toque. Será que já havia sentido tanta necessidade de uma mulher antes? Mas, mesmo com o cérebro intoxicado de desejo, ele queria ter certeza absoluta de que Samantha desejava o mesmo que ele.

Blake enterrou as mãos nos cabelos dela e a forçou a olhar para ele.

— Tem certeza disso, Samantha?

Seus olhos procuraram os dele.

— Sim — ela sussurrou.

O coração de Blake martelou no peito.

— Minha proposta é para mais do que uma noite.

Reclinando-se para trás, ela levou a mão ao rosto dele e disse:

— Ótimo. Uma noite não vai ser suficiente. Eu quero o ano inteiro.

Com o olhar fixo nas profundezas verdes dos olhos de Samantha, Blake selou seu mais novo e louco acordo com um beijo lento e ardente.

Blake a ergueu, colocou-a em cima da mesa e se encaixou entre suas coxas. Sentiu a carne nua de seu joelho e percorreu a extensão sedosa de sua perna. Em todos os lugares que tocava, queria provar, sentir sua resposta. Ela sugou o lábio inferior dele, e ele a imaginou usando a boca em partes muito mais prazerosas de sua anatomia.

Samantha agarrou a camisa dele até abrir cada botão, então passou as mãos em seu peitoral. Seus dedos acariciaram os mamilos de Blake antes de ela liberar sua boca e se abaixar para prová-lo ali. Ele se sentia zonzo enquanto ela brincava com seu corpo. Ela estava com as pernas enroscadas em torno da cintura de Blake, e o calor de seu núcleo pressionava a ereção dele. Respirando longamente, Blake inspirou fundo o cheiro de Sam.

Quando começou a deslizar para baixo o zíper do vestido, ele abriu os olhos e notou a superfície dura da mesa onde ela estava sentada. A primeira vez deles não aconteceria entre pratos sujos.

Enquanto Samantha lambia e beijava seu corpo, ele a levantou da mesa. Ela riu e enroscou as pernas com mais força ao redor dele, se agarrando em seus ombros. Caminhar até o sofá mais próximo foi mais erótico do que ele julgava possível. O corpo de Sam se esfregando contra o dele o provocava a cada passo, e o choque de prazer o encorajava.

Aquela maldita casa era grande demais. Demorou até ele deitá-la no sofá macio e cobrir o corpo dela com o seu. Sua camisa voou em uma direção, o vestido dela em outra. Blake olhava fixamente para o volume de seus seios esticando a renda preta do sutiã.

— Tão linda.

Ele brincou com o seio dela por cima do tecido, fazendo o mamilo endurecer sob seu toque. Hesitou antes de expor a carne macia e mergulhar ali para prová-la.

Samantha se arqueou, empurrando o seio mais fundo em sua boca.

— Por favor, Blake. — Ela levantou os quadris, procurando-o.

Ele queria conhecer o corpo de Samantha, encontrar todos os pontos sensíveis e reverenciá-los. Mas Samantha puxou a calça dele, em busca do zíper, e enfiou a mão ali dentro quando conseguiu abrir. No instante em que ela envolveu com os dedos a ereção latejante de Blake, ele perdeu a capacidade de respirar. Esqueceu o seio dela, o fato de que ela ainda estava de calcinha, e não pensou em nada além de mergulhar profundamente dentro de Sam.

A textura suave da mão dela o segurava firmemente. Ela beijou seu pescoço.

— Eu preciso de você — sussurrou com sua voz profunda e sexy.

— Sou todo seu — ele prometeu enquanto forçava o corpo a se afastar dela por tempo suficiente para se livrar da calça, dos sapatos e da cueca.

Enquanto ele se retorcia para se despir, Samantha balançou os quadris estreitos e tirou a calcinha de renda.

Blake pegou um preservativo na carteira e o colocou rapidamente. Quando voltou para ela, Samantha havia dobrado um joelho, descansando a perna no encosto do sofá. Ela estendeu a mão para puxá-lo de volta a seus braços.

Ele se encaixou entre o conforto de suas coxas e encontrou seus lábios em mais um beijo. Ela forçava a língua mais fundo, roubando seu fôlego. Blake sabia que Sam seria intensa; havia fantasiado com ela na cama desde que se conheceram. Mas isso era mais do que ele poderia ter desejado.

A ponta de sua ereção se aproximou do núcleo molhado de Sam, faminto por ela. Quando Samantha passou a perna ao redor da cintura dele, permitindo-lhe a posição que ele necessitava para satisfazer a ambos, Blake a penetrou.

O gemido que ela soltou quando ele entrou fundo em seu corpo apertado inflou o ego de Blake.

— Que delícia — disse ela. Sua respiração saía quente e rápida, e ela começou a remexer os quadris.

Era mais que uma delícia. Estar nos braços dela era perfeito. O desejo de Blake de fazer Samantha se contorcer de prazer — prazer que ele lhe daria — o forçou a controlar todos os pensamentos sobre seu próprio orgasmo.

— Você é apertadinha — disse ele.

Seus olhos se encontraram. Ela abriu os lábios com paixão, sentindo o coração pulsar no pescoço.

— Vantagem de ser pequena.

Mas era mais que isso. Depois, quando ambos estivessem saciados, ele perguntaria sobre o passado dela, sobre os homens de sua vida. Nesse momento, só queria tocá-la, lhe dar prazer.

Sam afundou os dedos nos ombros dele, depois desceu para a bunda, sua respiração ficou mais alta, e ele soube que havia encontrado o ritmo de que ela precisava.

— Isso — ela gemeu. — Aí mesmo.

Mexendo os quadris, ele segurou a própria liberação, esperando o momento em que Samantha mergulhasse no abismo. Quando ela gozou, gritou o nome dele e se esticou para mais perto, seu corpo pulsando ao redor dele, formando um casulo apertado. Blake se soltou e a seguiu até o paraíso.

O peso do corpo de Blake a esmagava no sofá; a respiração dele era tão arfante quanto a dela. Ela esticou a perna e a correu pelas costas dele. Não conseguia parar de sorrir. Mesmo quando os tremores do prazer a deixaram, ela ainda o abraçava.

Como se Sam pudesse dizer não a isso... E ela teria acesso ao corpo incrível e aos talentos sexuais dele por um ano inteiro. O inevitável fim do relacionamento deles a fez parar, mas ela afastou as imagens do adeus e se concentrou no cheiro e na sensação do homem ainda enterrado dentro dela.

— Foi...

— Incrível — ele concluiu.

Tinha sido bom para Blake? Ele tivera mais amantes que ela, de longe. Droga, ela poderia contar os dela em uma mão e ainda sobrariam três dedos. Já Blake devia ter tabelas de pontuação para comparar as notas. Sam queria perguntar, mas a insegurança a impedia.

— Por que você está com essa cara? — ele perguntou, fitando-a.

— Que cara?

— De incerteza. A mesma que você faz quando diz que é muito baixinha ou alguma outra tolice.

A relação deles era baseada em honestidade, mas quanto ela poderia perguntar sem parecer uma tola carente e perturbada?

— Foi mesmo incrível para você?

— Samantha — disse ele, suspirando.

Ele levou a mão ao rosto dela e acariciou seu queixo com um dedo. Seus quadris ainda estavam posicionados firmemente contra os dela.

— Percebe como o seu corpo se encaixa perfeitamente no meu?

Os seios de Sam estavam alinhados com o peito dele, suas pernas enroladas ao redor dos quadris de Blake. Seus lábios estavam tão próximos que ela poderia prová-los ainda agora.

— Sim.

— Você é perfeita. Mais intensa do que eu poderia imaginar. E, embora eu esteja mais que satisfeito agora, acho que ainda não acabamos por esta noite. Isso — ele a beijou suavemente enquanto falava — é o começo de algo maravilhoso.

Bem, ele certamente sabia como fazer uma mulher sorrir depois de gozar.

Blake saiu dos braços dela e se levantou. Então a pegou no colo e começou a sair da sala.

Samantha olhou para o chão, horrorizada.

— Blake, nossas roupas.

Ele riu. Ignorando suas palavras, a levou escada acima, para o quarto, onde cumpriu a ameaça feita momentos antes.

❧

Quando Samantha desceu, a manhã já estava avançada. Suas roupas haviam sido recolhidas, e os pratos lavados. Uma foto dos dois flagrados fazendo amor teria sido a única coisa mais clara do que a mensagem que haviam deixado para que os empregados encontrassem. Ela sentiu o rosto esquentar de vergonha, e baixava o olhar cada vez que passava por Mary ou Louisa. As mulheres eram incrivelmente educadas. Na verdade, Samantha teria preferido que elas lhe dessem uma cotovelada e erguessem o polegar a agirem como se arrumar a bagunça de Blake e suas amantes fosse uma tarefa semanal.

Aliás, Samantha abordou o assunto das amantes anteriores de Blake enquanto fazia as malas.

— Blake — começou ela, se fazendo de inocente —, vou encontrar algum vestígio de amantes passadas em algum dos seus armários?

Ele parou e ficou olhando para Sam, mas ela continuou fazendo as malas. Afinal, era ela quem precisava fazer isso; Blake tinha tudo de que necessitava nos dois continentes.

— Não sei nem o que você quer dizer.

— Sabe sim. A Vanessa tinha uma gaveta aqui? Ou a Jacqueline?

O olhar de Blake perfurou as costas de Samantha, mas ela se recusou a encará-lo. Não deveria se importar, mas queria saber se ele havia entretido suas amantes em casa muitas vezes.

— Eu nunca encontrei nenhuma digna de uma gaveta — disse ele.

Bem, já era alguma coisa.

— Nem mesmo uma calcinha deixada para trás?

Ela continuou fazendo as malas, sem olhar para ele. *Como sou patética.*

— Samantha? — Ele parou atrás dela, estendeu as mãos e a pegou pelos ombros para virá-la para si. Em seguida a fitou com seus olhos cinzentos. — Eu tenho esta casa faz só quatro anos. Você é a única mulher que já dormiu na minha cama.

Um sorriso interno floresceu profundamente no peito de Sam, mas ela impediu que se espalhasse em seus lábios; não queria que ele visse como suas palavras haviam lhe agradado. Assim, apenas assentiu.

Blake lhe deu um beijo suave nos lábios.

— Você se incomodaria se tivesse uma gaveta cheia de coisas de outra mulher?

Não deveria. Apenas três semanas atrás, eles eram estranhos um para o outro.

— Hum, acho que não... — *Claro que sim.*

— Samantha — disse ele, lenta e propositadamente.

— Tudo bem, me incomodaria — confessou ela. — Porque... — Ela procurou uma desculpa válida e encontrou uma facilmente. — Seus empregados vão acreditar mais em mim, ou em nós, como um casal, se eu não for só mais uma aqui nesta casa.

Que patética. Ela não deveria estar tentando ser algo mais que "mais uma". O que deveria era estar tentando construir barreiras ao redor de seu coração e de seus sentimentos, e evitar qualquer envolvimento emocional com o homem que agora olhava profundamente em seus olhos.

— Você não é só mais uma, Samantha. E, se sentir que os empregados, aqui ou na Inglaterra, te tratam como se fosse, é só me informar.

Ela balançou a cabeça.

— Não, todos têm sido maravilhosos.

Blake estreitou os olhos brevemente, como se tentasse resolver um enigma. Então, deu meia-volta para terminar de arrumar sua pouca bagagem.

Quando ela voltou para sua mala, permitiu que um sorrisinho esticasse seus lábios. Era errado romantizar o que estava acontecendo entre eles; estavam apenas mantendo relações sexuais mutuamente satisfatórias, e só por acaso eram casados. Nada de mais.

— Então, Samantha... — Blake interrompeu os pensamentos dela.

— Sim?

— Você já teve algum homem digno de uma gaveta?

A mão dela hesitou.

— Não — foi a curta resposta sobre sua vida pessoal quase inexistente.

Continuaram fazendo as malas.

— Algum ex-namorado recente que possa vir bater na porta?

Samantha olhou sobre o ombro. Blake estava de costas para ela, mexendo em algo. Tudo bem, seu marido estava curioso sobre seu passado. Afinal, o dela não estava espalhado pelos tabloides, como o dele.

— Nada de namorados já há algum tempo — ela disse.

— Quanto tempo? — ele perguntou assim que a última palavra saiu dos lábios de Samantha.

Ela virou e esperou que ele sentisse seu olhar e virasse também.

— Quando o meu pai foi preso, eu não me permiti me aproximar de mais ninguém.

— Você tinha vinte e um anos quando o seu pai foi condenado.

— Isso mesmo.

— E não teve ninguém desde...

— Ninguém.

Ele refletiu por um minuto, seu olhar vagando em direção ao teto.

— Então isso significa...

— Eu tive dois homens além de você — disse ela, sabendo aonde estava indo a conversa. Era estranho saber exatamente quais seriam as perguntas de Blake. — Um no colégio, porque todo mundo vai ao baile de formatura, e outro na faculdade. — O da faculdade tinha confundido sua cabeça e acabado com sua confiança nos homens.

Blake devia ter percebido algo no rosto dela, porque desistiu de perguntar e se aproximou dela de novo.

— Pode dizer que isso é coisa de homem, mas eu gosto de saber que faço parte de uma lista bem exclusiva.

Era difícil tirar da cabeça os pensamentos sobre a época da faculdade, o tumulto e a dor. Ela forçou os lábios a sorrir e a língua a comentar:

— Ora, se uma mulher não pode transar com o marido, com quem mais poderia?

Blake estreitou os olhos.

— Certo.

Ele começou a virar de costas, mas um clima estranho já se instalara entre eles.

— Blake?

— Sim.

— Eu gosto de saber que sou a única que esteve aqui.

O silêncio se estendeu diante deles. Ambos ficaram se olhando sem dizer nada. Quando Blake voltou para sua mala, Samantha terminou a dela.

8

AS VANTAGENS DE UM JATINHO particular eram ainda melhores com uma mulher junto. Fazer amor em pleno ar e ter algumas horas de sono deveria tê-los deixado relaxados até pousar. Infelizmente, Blake podia sentir o desconforto de Samantha e fez tudo que estava a seu alcance para distraí-la.

Ele havia reservado um hotel perto do aeroporto para passarem a noite, e planejava se juntar a sua família em Albany no dia seguinte. Mas sua família tinha outros planos.

Quando o jatinho pousou, nas primeiras horas da manhã, era madrugada no fuso horário de Samantha e Blake. Pelo jeito como Sam retorcia as mãos, ele percebia que seus nervos estavam em alerta máximo.

Ele manteve o braço em torno dos ombros dela quando saíram do avião. Por sugestão dele, ela vestira uma calça jeans velha e confortável e uma camisa de manga comprida.

— Não precisa se arrumar para o motorista do carro — ele havia dito, assegurando-lhe que teriam tempo para dormir, tomar banho e se vestir adequadamente antes de encontrar qualquer pessoa importante.

No entanto, quando o carro que ele havia pedido parou ao lado do avião e a porta de trás se abriu, a mãe de Blake deixou os dois paralisados.

— Você disse que ninguém estaria nos esperando no aeroporto — Sam sibilou com os lábios apertados.

— Não mesmo.

Não havia como ignorar a mãe de Blake quando ela deslizou para fora da limusine. O motorista segurava um guarda-chuva sobre a cabeça da mulher para evitar que as gotas de chuva arruinassem o que um cabeleireiro devia ter passado horas criando.

Apesar de seu casamento terrível, Linda Harrison poderia passar por uma mulher dez anos mais jovem. Seu cabelo escuro estava graciosamente puxado para trás, sob um chapéu elegante. Um longo casaco cinza cobria o que Blake sabia ser uma saia e uma blusa ajustadas. Sua mãe sempre se vestia com perfeição. Mesmo que o sol estivesse escondido atrás de uma densa camada de nuvens, ela usava um par de óculos escuros grandes o suficiente para esconder os olhos e os sentimentos que eles pudessem revelar.

— Então quem é ela?

Blake engoliu em seco. Se havia uma coisa que aprendera sobre sua esposa, era que ela tinha suas inseguranças. Apesar da atitude desafiadora, Samantha tinha um desejo subjacente de ser aceita.

Ele sabia, sem sombra de dúvida, que sua sugestão de que ela trocasse o conjunto de seda por roupas confortáveis se voltaria contra ele mais tarde.

— Minha mãe.

Os passos de Sam vacilaram, mas Blake a manteve em movimento, pressionando firmemente a mão nas costas dela.

— Mas...

— Mãe? — Blake tirou a mão das costas de Samantha apenas para beijar as bochechas de sua mãe. — Não esperávamos você aqui. — Apesar do tom leve, Blake desejou transmitir seu descontentamento.

— Eu não poderia deixar que você e a sua noiva chegassem sem lhes dar as boas-vindas.

Blake voltou a ficar ao lado de Samantha e fez as apresentações.

— Samantha, esta é minha mãe, Linda. Mãe, quero que conheça a minha esposa, Samantha.

Sua mãe deixou que um sorriso se erguesse em seus lábios.

— É um prazer — disse ela, levantando a mão para cumprimentar a nora.

— Ouvi falar muito de você — disse Sam.

— É mesmo? Eu não ouvi quase nada sobre você.

Samantha ficou dura ao lado de Blake, que rapidamente se colocou entre as duas.

— Estamos aqui para consertar isso — ele disse à mãe. — Não precisava nos encontrar aqui. Você sabe como o voo dos Estados Unidos para cá é longo.

Linda deu um tapinha no ombro de Blake e disse:

— Tenho certeza de que vocês tiveram muito tempo para descansar durante o voo.

— Estivemos muito ocupados antes da viagem, como você pode imaginar. Estamos loucos por algumas horas de sono.

Sua mãe olhou para o motorista, que segurava o guarda-chuva acima de sua cabeça, e depois para o carro.

— Então vamos para casa, para vocês descansarem.

Blake sentia as coisas fugirem do controle. E o pior era que Samantha não dizia absolutamente nada. Simplesmente olhava fixo de um para o outro, de lábios selados.

— Eu reservei um quarto no Plaza.

— Mas que bobagem...

— Mãe! — Já era o suficiente para Blake.

— Linda... Você não se importa se eu a chamar de Linda, não é? — Samantha encontrou sua voz.

— Claro que não, querida.

— Ótimo. Como você pode ver, preciso desesperadamente de um banho e de algumas horas de sono. Estou certa de que terá a bondade de esperar a nossa chegada a Albany, até que Blake e eu possamos compensar um pouco esse jet lag terrível.

O tom e as palavras de Samantha foram mais formais do que Blake jamais ouvira dos lábios dela.

— Acho que você tem razão.

Samantha segurou o braço de Blake e se inclinou para ele.

— Foi muito gentil da sua parte ter vindo me receber aqui. Você não faz ideia de quanto isso significa para mim.

Mais uma vez, Blake ficou sem palavras. Conduziu sua esposa e sua mãe ao banco de trás do carro e se juntou a elas. No instante em que a porta fechou, Samantha se aconchegou mais perto de Blake.

— Que casaco lindo — disse para a mãe dele.

— Ob... Obrigada.

— Espero que possa me dizer onde comprou. Receio não ter nada parecido, e, pelo jeito do céu, vou precisar de algo assim para a viagem.

— Claro. Vamos ter muito tempo para fazer compras.

A preocupação de Blake com a chegada prematura de sua mãe começou a desaparecer.

— Minha esposa e minha mãe fazendo compras juntas... Devo me preocupar? — brincou.

— Depende — disse Samantha.

— De quê?

— De sua irmã se juntar a nós. Três mulheres com um cartão de crédito ilimitado são realmente perigosas.

Todos riram. E, apesar das óbvias diferenças entre sua mãe e sua esposa, Blake não estava preocupado com a possibilidade de não se darem bem. Samantha havia escutado o que ele dissera sobre os hábitos de consumo de sua mãe, sobre sua paixão por moda, e usara isso para conquistar seu afeto. Quando chegaram ao Plaza, Blake tinha certeza de que sua mãe nem sequer notara o jeans de loja de departamentos de Samantha e os sapatos sem marca. E também tinha certeza de que Samantha queimaria essas roupas na primeira oportunidade.

Felizmente, a mãe de Blake se despediu na porta e não entrou com eles no hotel. As primeiras horas da manhã os agraciaram com a recepção deserta. O carregador de bagagem rapidamente os levou para a suíte. Blake deu uma gorjeta ao rapaz e fechou a porta.

Sozinhos, Sam tirou os sapatos e se jogou no sofá.

— Acho que vou gostar da sua mãe depois que superar a agradável surpresa que ela nos fez no aeroporto.

— Eu pedi a ela que nos esperasse em Albany.

— Ela é mãe, está curiosa.

— Ainda assim, ela devia ter esperado. — E ele teria uma palavrinha com ela na primeira oportunidade.

— Ela precisava ver com os próprios olhos que eu não estou grávida de cinco meses.

Blake havia começado a colocar sua mala na cama quando assimilou as palavras de Samantha.

— Grávida?

— Ah, por favor! Você não viu os olhos dela analisando a minha barriga?

Não; ele nem havia pensado nisso.

— Você não está falando sério.

— Ela estava em missão de reconhecimento. Primeiro para ver se um herdeiro está a caminho. Segundo, para se certificar de que, em se tratando de classe, eu não sou um completo fracasso.

Blake se encostou na armação da cama; sua mente zumbia pensando na possibilidade de Samantha estar certa.

— Como você pode ter tanta certeza?

— Mulheres são criaturas emocionais. Está tudo nos olhos. Quando a sua mãe tirou os óculos de sol, pude ler cada olhar, cada expressão dela.

Ele deu de ombros.

— Acho que vou te levar na minha próxima reunião de diretoria. Você parece levar jeito para espiã.

— Quando eu estava na faculdade, fiz psicologia como matéria eletiva.

— Você poderia ter seguido carreira na área criminal.

— Acho que não. Com os pecados do meu pai e tal...

Samantha se levantou do sofá, acabando com a conversa. Havia dor em sua atitude enquanto ela tirava algumas coisas da mala e ia até o banheiro. Seu pai lhe deixara cicatrizes. Infelizmente, Blake não sabia muito bem quão profundas eram suas feridas. Mas decidiu que iria descobrir.

⁓∾⊱

A cabeça de Samantha mal encostara no travesseiro e Blake já a acordava. Depois de um longo banho quente e uma refeição leve — porque, tinha de admitir, comer lhe causava enjoo nesse momento —, os recém-casados estavam a caminho de Albany. A ideia de ser observada a cada movimento pela família de Blake lhe causava arrepios. Samantha sabia que tinha evitado a inquisição inicial da mãe de Blake, e não havia como saber se Linda seria tão fácil de despistar assim que Sam estivesse no terreno da sogra.

Vestindo uma saia ferrugem e um casaquinho, ela se preparou para conhecer a família. Blake nem questionou por que o jeans e a camisa dela estavam na lata de lixo do hotel. Simplesmente viu a roupa lá e deu risada. Tudo bem. Ela não deveria ter levado aquela roupa, para início de conversa, assim não a estaria usando quando Linda aparecera. Não querendo ser pega de novo com nada que não fosse o seu melhor, Samantha se assegurou de que todas as roupas em sua mala estivessem em pé de igualdade com as da ex-duquesa de Albany — talvez com um estilo mais jovem, mas dignas do que a mulher de Blake deveria usar.

A chuva deu uma trégua durante a viagem ao interior, à tarde. Conforme Londres ia ficando para trás, as colinas se espalhavam diante deles. Ela tentou relaxar no banco ao lado de Blake enquanto ele falava de sua irmã, que tinha a idade de Samantha.

— A Gwen sempre quis que eu sossegasse.

Ela sentiu um nó no estômago ao ouvir as palavras de Blake.

— Isso não te preocupa...? — Sam se interrompeu, olhando em direção ao motorista no banco da frente. Ela queria perguntar se ele não se preocupava com a possibilidade de sua irmã se apegar à nova cunhada no curto período do casamento deles.

Blake se encolheu, com a incerteza desenhada no rosto.

— Você e a Gwen vão se dar bem. Ela é muito legal. Talvez um pouco mimada, mas tem um bom coração.

Samantha adiou o assunto do apego de Gwen a uma cunhada temporária para quando os dois pudessem conversar a sós. A ideia de enganar todas aquelas pessoas que estava prestes a conhecer começou a pesar nela. As lembranças de seu pai, da época que antecedeu sua prisão, surgiram em sua mente.

Como estudante de administração, Samantha passara muitas horas fora da sala de aula discutindo com seus professores o sucesso de seu pai. Dan, seu namorado na época, também queria saber tudo sobre Harris Elliot e seu pequeno império.

Dan era charmoso, carismático e mais esperto que uma raposa esperando o coelho pôr a cabeça macia e peluda para fora da toca.

Sam era o coelho que não sabia que estava sendo manipulado. E pensar que ela havia ido para a cama com o homem que acabara pondo seu pai atrás das grades... Como tinha sido burra! Eles haviam namorado, estudado juntos — ou assim ela pensava — e rolado em um bom número de lençóis. Durante todo esse tempo, Dan gravara suas conversas, fazia perguntas aparentemente inocentes e ajudara a acusação a montar o processo contra seu pai.

Mesmo agora, anos mais tarde, sentada ao lado de seu marido temporário, Samantha se sentia doente ao pensar nisso. Não que tivesse dado conscientemente à acusação evidências contra seu pai, mas os pecados dele levaram à morte de sua mãe e à vida desperdiçada de Jordan.

Samantha se lembrou do dia em que Dan a confrontara com a verdade sobre quem ele era — parado ao lado de um agente federal que ameaçava Samantha com a prisão de sua mãe se ela não cooperasse com as investigações. O agente e Dan revelaram algumas das falhas nas práticas empresariais de seu pai e informaram sobre os grampos na casa de Sam.

— Temos motivos para acreditar que a sua mãe sabe sobre os crimes do seu pai. Precisamos que você encontre provas em contrário, ou seremos forçados a pôr os dois atrás das grades.

Samantha tinha certeza de que sua mãe não sabia de nada e ficou chocada demais na época para questionar por que um agente federal faria uma filha provar a inocência da mãe. No fim, Dan e seus companheiros simplesmente usaram Sam para pôr as mãos no pai dela. Eles sabiam que a mãe dela, Martha, não tinha nada a ver com os esquemas de Harris.

Ao longo dos anos, Samantha havia questionado muitas coisas que seu pai fizera. Ele dizia ter sócios passivos, mas ela nunca conhecera nenhum deles. Foi só no primeiro ano da faculdade, quando seu professor perguntara a profissão de seu pai, que Sam ficara desconfiada.

Ela não conseguiu dar uma resposta concreta sobre o que seu pai fazia para ganhar dinheiro — só sabia que ele ganhava, e muito.

Quanto à sua mãe, era a esposa de um homem rico. Almoçava com os vizinhos da alta sociedade, nunca lavava a própria louça e fingia que não via quando o marido tinha um caso. Suas roupas eram sempre impecáveis, e ela não permitia que Samantha ou Jordan saíssem de casa vestindo nada velho ou de qualidade inferior.

O primeiro ano de Samantha na faculdade abrira seus olhos para como o mundo funcionava de verdade. Suas colegas da fraternidade, que desapareceram como baratas quando seu pai fora para a prisão, ensinaram muito a Sam sobre verbas e orçamento. Duas das garotas provinham de casamentos desfeitos e revelaram talento para economizar a mesada que os pais lhes davam, de modo que, no recesso de primavera, podiam ir para qualquer lugar que as colegas quisessem. Elas incentivaram Sam a fazer compras em lojas de departamentos, onde os itens essenciais do dia a dia não custavam uma pequena fortuna. Samantha ficara orgulhosa quando contara a sua mãe que estava economizando, de modo que os gastos para mantê-la na faculdade seriam quase metade do que eles haviam calculado originalmente.

Martha dera uma olhada no jeans que Sam estava usando e se recusara a ouvir.

— Nenhuma filha minha vai se vestir assim.

Ofendida, mas sem querer deixar que a mente limitada de sua mãe a impedisse de aprender a realidade financeira, Samantha continuara guardando todo mês quase metade da mesada que seu pai lhe dava, em uma conta separada. Aquela conta foi o que salvou sua pele quando os federais tomaram o dinheiro dos Elliot.

Agora Samantha estava voltando para um estilo de vida que abandonara tempos atrás. Não conseguia deixar de se preocupar com o modo como sua traição a Linda, Gwen e a quem mais Blake lhe apresentasse viria à tona quando eles se separassem.

A mão de Blake cobriu a dela, fazendo Sam perceber como as retorcia em seu colo. Quando ela olhou para os belos olhos cinzentos dele, viu compaixão. *Ele deve pensar que estou nervosa por conhecer a família.*

Blake mal sabia que sua preocupação era muito mais profunda. Pela primeira vez desde que aceitara o anel, ela questionava sua decisão. E se ela dissesse ou fizesse alguma coisa que estragasse tudo para ele, e sua irmã e mãe ficassem sem recursos? Linda conseguiria encarar isso?

Sam estremeceu.

E se Linda seguisse o caminho de sua mãe?

Ela balançou a cabeça e afastou as lembranças do funeral da mãe.

— Vai dar tudo certo.

De repente, Samantha não tinha tanta certeza. Albany Hall se desdobrava diante de seus olhos enquanto o carro seguia pelo caminho isolado para um grande pátio circular.

— Meu Deus — ela sibilou.

A casa onde Blake crescera parecia um pequeno castelo. Duas alas distintas saíam de uma estrutura central. Samantha contou três andares, mas não descartou a possibilidade de haver um enorme subsolo. De acordo com Blake, a casa tinha trinta e cinco cômodos, sem contar os aposentos dos empregados. Ele mencionara um salão de baile e um conservatório, uma biblioteca com mais volumes do que qualquer pessoa jamais seria capaz de ler e salas de estar nomeadas pela cor da decoração.

— A sala azul fica junto do salão principal, e a sala vermelha, ao lado.

Sair da limusine e entrar no mundo de Blake parecia um pouco como a Cinderela no baile. Só que o tique-taque do relógio duraria um ano. Samantha deveria se sentir bem com esses pensamentos, mas imaginava a abóbora, ratos correndo a seus pés e ela largada segurando um sapato de cristal e seus remorsos.

— Pronta? — perguntou Blake antes de levá-la para dentro.

Se Gwen Harrison tinha alguma dúvida sobre a presença de Samantha ao lado de Blake, disfarçou muito bem. Ela pegou o braço de Sam no instante em que Blake a escoltou até a enorme propriedade e não soltou mais. Gwen era jovem, bonita, radiante e, sem dúvida, muito mimada.

Linda cumprimentou Samantha com um sorriso breve e a apresentou a uma tia do seu lado da família, ao tio de Blake e a dois primos, que a encaravam com olhar especulativo.

Os empregados estavam prontos para levar as malas, servir o chá e desaparecer em seguida.

— Você não imagina como estou feliz por ter outra mulher da minha idade por aqui — Gwen disse a Samantha.

Enquanto Blake escondia o sotaque britânico, sua irmã se deleitava nele.

— Nunca lhe faltou companhia — Linda recordou a sua filha.

— Companhia não, mas com a família é diferente. Não concorda, Samantha? Eu nunca tive uma irmã com quem me abrir. — Gwen deu um sorriso branco e bonito, e, por um breve momento, Sam se sentiu culpada.

Embora tivesse uma irmã, Jordan não tinha saúde para se relacionar com ela como Gwen sugeria. Era como se Sam, por intermédio de Blake, tivesse uma segunda chance de ter uma irmã. Mas, de novo, surgiu a bomba-relógio de um ano sobre seu relacionamento.

— Acho que sim — disse ela.

— O chá está servido na sala vermelha, Blake. Por que não nos sentamos lá para ouvir tudo sobre o namoro e o casamento de vocês?

Blake conseguiu se pôr ao lado de Samantha e pegar seu braço. O calor dele a seu lado deu certo conforto a seus pensamentos erráticos.

Ele se inclinou e sussurrou baixinho em seu ouvido:

— Como você está?

Samantha notou que o primo de Blake, Howard, os observava com os olhos semicerrados e os lábios voltados para baixo. Ela ergueu a mão de Blake e beijou seus dedos. A luz no rosto do marido afastou alguns pressentimentos acerca de seu futuro.

— Tudo bem — ela balbuciou, e Blake apertou sua mão.

Linda os conduziu à sala vermelha, com teto abobadado e papel de parede vermelho, cinza e branco. A estampa era sutil, apesar das cores. Pinturas florais e cortinas de seda davam à sala uma sensação feminina, e um belo buquê de flores se assentava sobre uma prateleira acima da lareira de pedra.

Antes de tomar o chá, os homens pegaram alguns dos diversos doces e sanduíches na mesinha de centro.

— Você já esteve na Inglaterra antes? — perguntou Linda enquanto servia um chá escuro em xícaras minúsculas.

— Sim, na época do colégio.

— Então conhece a hora do chá — disse Gwen.

— É só uma desculpa para fazer um lanchinho no meio da tarde — Blake comentou.

Gwen fez um movimento de mão em direção a ele.

— Não lhe dê ouvidos. Ele é alérgico a qualquer coisa remotamente inglesa. Acho que nenhum de nós se surpreendeu quando soube que ele tinha se casado com uma americana.

— Gwen! — Linda a repreendeu.

— Mas é verdade!

Samantha riu.

— Não tenho culpa se as inglesas não me interessam — defendeu-se Blake.

Howard parou de comer para perguntar:

— Então, você e a Samantha se conhecem há muito tempo?

Sam e Blake haviam concordado que ele responderia às perguntas sobre o relacionamento. Assim, diminuíam as chances de eles se contradizerem.

— Eu não diria isso.

— E o que você diria? — Mary, a tia de Blake, perguntou.

— Nós nos conhecemos no mês passado.

— No mês passado? — Gwen parecia chocada. — Como você pode se casar com alguém que mal conhece?

Blake deixou o chá na mesinha e pegou a mão de Sam.

— Eu teria me casado com a Samantha no primeiro dia, se ela tivesse aceitado. Tem certas coisas na vida que você simplesmente sabe que tem que fazer.

Paul, o tio de Blake, inclinou-se para a frente na cadeira.

— Que *tem* que fazer? Há alguma coisa que você não está nos contando?

Blake apertou a mandíbula.

— O que você está perguntando?

As mulheres ficaram em silêncio e encararam Samantha.

— Ela está grávida?

Blake se retesou.

— *Ela* tem nome, e insisto que você comece a usá-lo em vez de agir como se a Samantha não estivesse na sala.

As palavras de Blake tinham um tom mortal e deixaram Sam paralisada. Ali estava um lado de seu marido que ela não tinha visto muitas vezes, e do qual certamente esperava nunca ser alvo.

Um sorriso presunçoso se abriu no rosto de Paul, mas, antes que ele pudesse dizer qualquer coisa, Samantha respondeu:

— Não, eu não estou grávida.

Embora as mulheres não tivessem dito nada, houve um suspiro coletivo de alívio entre elas diante do anúncio.

— Então você se casou por causa do testamento. — Adam, o primo mais novo, foi quem disse isso. Estava sentado ao lado de Howard, que continuava em silêncio.

Blake se levantou com os punhos cerrados. Samantha se inclinou para deixar o chá sobre a mesa e segurou a mão dele.

— Amor, nós sabíamos que eles iriam questionar nossos motivos. — Então, como se tivesse nascido para mentir, emendou: — Como eles podem saber da energia que passou entre a gente no primeiro dia em que nos vimos, ou entender nossos motivos para estar juntos e casados sem um namoro longo?

Linda por fim se manifestou, dissipando um pouco da tensão no ambiente:

— Você faz isso parecer tão romântico, Samantha.

Sam puxou Blake de volta para a cadeira e segurou sua mão para evitar que ele torcesse o pescoço dos homens na sala.

— Tenho certeza de que você não quer saber todos os detalhes, mas seu filho é muito romântico.

— Eu quero os detalhes — disse Gwen, mordendo o lábio, e Blake estreitou os olhos para a irmã.

O olhar de Samantha contornou Howard. O homem observava a cena sem dizer uma palavra. Seu silêncio a fez entender que ele não a aprovava. Ele lançou um olhar frio para Blake, e Samantha não pôde deixar de pensar até onde Howard iria para pôr as mãos na herança de seu marido.

~∽∾∽~

O Parker mais velho, da Parker & Parker, estava sentado diante de Blake em seu escritório para discutir alguns detalhes do testamento de seu pai. Blake se lembrava de ter ouvido a exigência do pai de que ele se casasse para herdar a maior parte da riqueza da família, mas havia perdido alguns pormenores. Na verdade, ele dispensara o advogado na ocasião. Havia acabado de completar trinta anos quando seu pai morrera. Trinta e seis anos parecia distante demais.

De terno, gravata e uma expressão estoica, Mark Parker abriu a pasta e tirou uma pilha de papéis de dois centímetros de espessura.

— Vejo que você foi rápido para conseguir uma esposa — disse o homem.

A última reunião entre os dois havia sido apenas dois meses antes. Mark lembrara a Blake o prazo que Edmund havia determinado, mas fizera isso apenas porque era obrigado. Se Blake tivesse perdido o prazo, a Parker & Parker ficaria com vinte e cinco por cento da propriedade, sua irmã e sua mãe receberiam uma pequena pensão, insuficiente para manter seu estilo de vida atual, e o restante iria para algumas instituições de caridade.

— A Samantha e eu estamos muito felizes — Blake disse ao homem, sem apresentar desculpas.

— É mesmo?

— Tenho certeza de que você vai ver com seus próprios olhos neste fim de semana. Fazia muito tempo que eu não ansiava por voltar para casa no fim do dia.

Engraçado... as palavras não pareciam mentira quando deixaram sua boca. De fato, Blake ansiava por ver Samantha todas as noites e todas as manhãs desde que começaram a dividir a cama.

Mark apertou os lábios, e os pés de galinha ao redor de seus olhos ficaram mais acentuados.

— Convencer a firma de que o seu casamento não é de conveniência é responsabilidade sua e da sua *esposa*.

— Estou ciente do que o Edmund estipulou no testamento. Estamos aqui, hoje, para definir exatamente o que a sua firma exige de mim nos próximos doze meses.

Mark passou os dedos no queixo.

— Seu pai estava determinado a garantir que você fizesse mais do que manipular as coisas para cumprir as exigências dele.

O pai de Blake era um cretino, mas não havia necessidade de dizer a Mark o que ele pensava do falecido homem.

— Já sabemos disso.

— Ele passou bastante tempo em nossos escritórios redigindo contingências legais.

Algo na maneira como Mark estava sentado, todo pomposo, e no brilho que seus olhos emitiam fez os pelos nos braços de Blake se arrepiarem.

— Nós já falamos dessas contingências.

O advogado abriu a boca, formando um O silencioso, antes de inclinar a cabeça e dizer:

— Da maioria delas. Já discutimos a maioria delas.

Blake sentiu o chão desabar sob seus pés. Mas, em vez de mostrar seu desconforto àquele homem dissimulado, recostou-se na cadeira e esperou que ele explicasse.

— Tenho certeza de que, no momento da leitura do testamento de Edmund, você estava transtornado demais e acabou não ouvindo certos trechos. Como aquele que diz que, uma vez que você se casasse, um codicilo que ele acrescentou deveria ser lido e aplicado.

Mark sorria como uma raposa fitando um rato.

— Estou intrigado — disse Blake. — O que mais meu pai poderia exigir?

— Aqui está um adendo selado que deveria ser aberto depois que você se casasse.

Retirando alguns papéis da pilha, o advogado começou a ler:

Muito bem, Blake, meu garoto; parece que eu não criei um idiota completo, afinal. A esta altura, tenho certeza de que você já me incluiu na sua lista dos piores seres humanos que já pisaram na Terra. Mas garanto que minhas intenções são apenas provar, de uma vez por todas, como a família deve ser importante para você. Você zombou de mim durante a maior parte de sua vida adulta, fez tudo o que estava ao seu alcance para me estressar. Suponho que um homem melhor teria morrido tranquilo por ter deixado os filhos e a esposa bem providos, em vez de subjugar seu herdeiro a sua vontade. Mas nós dois sabemos que eu não fui esse tipo de homem. Então, meu filho, deixo-lhe uma última exigência antes que sua herança lhe seja entregue. Espero que tenha se casado antes de completar trinta e cinco anos, o que lhe dará um ano para realizar sua próxima tarefa.

O sangue nas veias de Blake começou a ferver; ele sabia muito bem aonde seu pai queria chegar, mas não podia impedir que as palavras deixassem a boca de Mark Parker.

Se você está realmente estabelecido com uma esposa e pronto para dar continuidade à minha linhagem, a prova virá por meio de um herdeiro.

Mark fez uma pausa para avaliar a reação de Blake.

Ele forçou a mandíbula a relaxar e manteve as mãos no colo. A imagem de Samantha surgiu em sua cabeça.

O que ele faria agora?

Essas coisas levam tempo, mas, daqui a um ano, você deve estar em vias de se tornar pai.

Como antes, Blake parou de prestar atenção quando Mark falou que o sexo da criança não fazia diferença e que ela não precisava nascer antes de Blake completar trinta e seis anos.

Mark terminou a leitura e limpou a garganta.

— Parece que o seu pai pensou em tudo.

— E se a minha esposa e eu quisermos esperar mais para começar uma família?

O advogado bufou.

— Seu pai está lhe dando milhões de motivos para adiantar seus planos. A não ser, é claro, que você não esteja planejando constituir família ou continuar casado com...

Blake levantou a mão, interrompendo-o.

— Nós somos recém-casados, Mark. Talvez isso tenha escapado à sua atenção.

— Nada que você faz escapa à minha atenção. Homens melhores que você se casaram para pôr as mãos em grandes fortunas, sem intenção de continuar casados depois de engordar a conta bancária. — Mark estava furioso; suas palavras eram ríspidas, e seu tom, completamente claro.

— Esse adendo estava lacrado, mas você sabia dele o tempo todo, não é?

O advogado se recostou na cadeira e cruzou os braços. A elevação quase imperceptível em seus lábios deu a resposta que Blake queria. Ele sentiu um desejo inusitado de fazer Mark, com todo seu cinismo, se contorcer na cadeira.

— Eu gosto muito da ideia de ser pai — disse, deixando um pouco de seu sotaque da infância se infiltrar em suas palavras.

O sorriso de Mark desapareceu.

— A Samantha vai ser uma mãe incrível — continuou, convicto, porque realmente acreditava nisso. E manteve a cara de paisagem.

— Será necessário mais do que palavras para nos convencer.

— Disso eu não tenho dúvidas.

Mark juntou os papéis e se levantou para sair.

— Entrarei em contato.

Blake se levantou e estendeu a mão.

— Nos vemos este fim de semana, na recepção.

— Certo.

Quando o advogado virou para sair do escritório, Blake o deteve.

— Ah, Mark, peça para a sua secretária me fazer uma cópia do testamento do meu pai.

O homem assentiu e foi embora.

Blake girou sobre os calcanhares e caminhou até a janela para olhar a rua molhada de chuva.

Um bebê...

Maldição. Blake amaldiçoou seu pai e tudo o que ele representava. Parte dele queria desistir, dizer a Samantha que haviam pagado para ver o blefe deles. Ele sabia muito bem que ela não estaria disposta a trazer uma criança ao mundo por alguns milhões. Sua família e a traição já haviam lhe causado muitos traumas; ela não traria uma criança para essa farsa. Droga! Blake praticamente sentira o nó no estômago de Samantha quando Gwen começara a falar sobre os planos para o futuro.

Ele já havia antecipado que os advogados da Parker & Parker tentariam forçar os dois a ficarem juntos durante todo o ano seguinte. Achara que Mark tinha ido a seu escritório para dizer algo do tipo: "Blake, meu velho, você e sua esposa não podem ficar separados por mais de duas semanas de cada vez para que a firma acredite que são felizes no casamento".

Mas não — o escritório de advocacia havia exigido algo muito mais difícil de conseguir.

Porém... e se Samantha acabasse engravidando? Seria tão ruim assim? Um calor nasceu em seu estômago e subiu por seu peito. Pensar nas curvas dela se arredondando, em seus seios inchados enchendo suas mãos ainda mais do que já enchiam, ela segurando um filho dele...

Blake afastou da mente essas cenas, que não eram tão difíceis de imaginar.

Talvez sua equipe jurídica pudesse encontrar algo ilegal no testamento de seu pai. Ele havia posto os melhores no caso para analisar todas as possibilidades.

E, nesse meio-tempo, ele guardaria para si a mais recente reviravolta em sua vida.

9

ESTAVA DIFÍCIL PARA SAMANTHA SE livrar do jet lag, e eles já estavam na Inglaterra havia mais de uma semana. É... viver uma mentira era exaustivo. Até Blake parecia estressado.

A recepção seria no dia seguinte, e tudo estava pronto. O que Samantha necessitava era de um tempo longe da exigente família do marido. Havia escapado para a biblioteca, determinada a se distrair, quando Blake a encontrou.

— Ah, aí está você.

Blake estava uma delícia com uma calça de sarja e um pulôver que enfatizava seus ombros largos.

— Pensei que você tinha ido para o escritório.

Ele balançou a cabeça.

— Eu não te deixaria sozinha justo hoje.

Confusa, ela perguntou:

— O que tem de tão especial hoje?

Ele levou a mão ao peito e fingiu uma dor mortal.

— Não acredito que você esqueceu.

Samantha riu.

— É melhor não trocar o seu emprego pela carreira de ator — brincou.

— Você não sabe mesmo que dia é hoje?

Não era feriado, nem na Inglaterra, nem nos Estados Unidos; o aniversário dele já tinha passado, e para o dela faltavam alguns meses.

— Não faço ideia.

Blake pegou as mãos de Sam e as levou ao peito.

— Estamos casados há um mês.

Meu Deus, ele tinha razão. O fato de ele ter pensado nisso e dado tanta importância à data mostrava como o galante duque era romântico.

— Uau. Já faz um mês. — Parecia tanto tempo...

— E já sei como vamos comemorar.

— Você quer comemorar nosso aniversário de um mês?

Samantha olhou por cima do ombro de Blake para ver se alguém estava por perto, os escutando. Não podia ver o corredor, de modo que guardou para si as perguntas sobre o motivo de tanto entusiasmo.

Blake deu uma piscadinha e entrelaçou os dedos nos dela.

— Vamos. — Ele a puxou da biblioteca até o enorme salão, e saíram pela porta da frente.

— Aonde estamos indo?

Esse era o Blake despreocupado que ela gostava de ver.

— Para um passeio.

— Quanto mistério — disse ela. — Aonde?

— Você vai ver. — Em vez de levá-la até o carro, ele a conduziu aos estábulos. — Você disse que cavalgava, certo?

Eles haviam conversado sobre cavalos quando chegaram a Albany.

— Sim, mas faz muito tempo.

— Não vamos muito longe.

Fazia sol, o que era raro. O ar quente e os pássaros no céu ajudaram a aliviar o estresse dos ombros de Samantha. No estábulo, dois cavalos estavam selados e prontos. Blake agradeceu ao rapaz que havia preparado as montarias e sussurrou algo no ouvido dele. O garoto corou, lançou um rápido olhar para Samantha e deu meia-volta.

— Sim, senhor — disse.

— Precisa de uma mão? — Blake perguntou a Sam.

A égua castanha a olhou desconfiada quando ela se aproximou. Depois de alguns afagos, o animal bufou, como se dissesse: "Ora, que seja".

— Talvez precise de ajuda para subir.

Blake juntou as mãos para ela usar como alavanca. Depois de algumas tentativas, Sam estava no lombo do cavalo com as rédeas na mão.

121

Como um cavaleiro experiente, Blake montou de um salto. Com as costas eretas, foi na frente, saindo do estábulo para o ar fresco.

— Qual é o nome dessa égua? — Samantha perguntou enquanto conduziam os cavalos pelo campo atrás de Albany Hall.

— Acho que é Maggie.

— E do seu cavalo?

— Blaze.

Samantha inclinou a cabeça e riu.

— A Maggie parece lenta, mas o Blaze deve ser rápido.

Blake deu uma piscadinha.

— Exatamente.

— Eu disse que sabia montar. Não precisava me colocar na vovó do estábulo.

Maggie jogou a cabeça para trás, fazendo Blake e Samantha rirem.

— Acho que ela não gostou do comentário — ele observou. — Você disse que fazia tempo que não montava, e eu não quero ser responsável por alguma fratura se você cair.

Sam se debruçou sobre o pescoço da égua e deu um tapinha carinhoso atrás da orelha de Maggie.

— Você não vai me deixar cair, vai?

— Ela não ousaria.

Samantha pensou em estimular a égua a ir mais rápido, mas não sabia aonde estavam indo.

— Quando foi a última vez que você cavalgou? — Blake perguntou.

— Antes... — Ela deixou a frase suspensa por algum tempo, como se Blake soubesse o significado. Durante muitos anos, tudo em sua vida era dividido em antes ou depois da derrocada de sua família.

Samantha notou que Blake a observava pacientemente.

— Antes do meu pai ser preso. Antes da minha mãe morrer. Antes do Dan. Antes da tentativa de suicídio da Jordan. Eu e ela cavalgávamos o tempo todo. — A lembrança de sua irmã no cavalo a fez sorrir.

— Quem é Dan?

Ela havia dito o nome dele?

— O calhorda que eu namorei na faculdade.

— E tem uma história por trás disso... — disse Blake.

Ele não a pressionaria para obter respostas. Talvez fosse por isso que ela se abria facilmente com ele.

— O Dan se aproximou de mim para descobrir mais sobre o meu pai. Ele trabalhava para os federais.

A expressão de Blake endureceu.

— Ele te levou para a cama para chegar até o seu pai?

A raiva na voz dele fez um sorriso se abrir no rosto de Sam. Era muito bom ter alguém que visse as coisas do ponto de vista dela.

— Me levou pra cama, disse que me amava. As mulheres não são as únicas que mentem para conseguir o que querem.

— Deve ter doído.

Ela relembrou aqueles dias — a dor, a traição.

— Acho que você entende agora por que é difícil para mim confiar nas pessoas.

— Devo me sentir honrado, então, por você confiar em mim.

— Exatamente — ela riu e deu uma piscadinha. Eles não haviam saído nesse lindo dia para falar de seu passado.

Blake aproximou seu cavalo do de Sam, estendeu a mão para pegar a dela, levou-a aos lábios e a beijou.

O coração de Sam deu um pulo dentro do peito e se abriu. Por mais que tentasse evitar, ela não podia deixar de comparar seus sentimentos por Blake ao que sentia pelo homem que um dia acreditara amar. Os dois não pareciam nem pertencer ao mesmo planeta.

— Aonde você está me levando? — ela perguntou, mudando de assunto.

Blake olhou para ela com um sorriso satisfeito nos lábios.

— Você não lida bem com surpresas, não é?

— Lido sim. É que... Tudo bem, não, eu não lido bem com surpresas. Aonde estamos indo?

Ele apontou para um bosque a menos de dois quilômetros de distância.

— Tem uma casinha de campo perto do riacho. Pensei que seria gostoso curtirmos um almoço tranquilo.

123

Samantha deixou os ombros caírem e um sorriso bobo pousar em seus lábios.

— Que fofo.

— É, eu sou sr. Fofo.

Blake estava sendo irônico, mas Sam achou que o título lhe caía bem.

— Um pouco além daquelas árvores, então?

— Sim.

Eles continuaram cavalgando devagar. As coxas de Blake abraçavam os flancos do animal. O olhar de Samantha foi atraído para ele mais uma vez. O perfil forte de Blake e seus ombros largos que se afunilavam para a cintura perfeita a deixaram com água na boca. Pensou na casa, na privacidade...

— Quanto tempo para chegarmos lá?

— Meia hora, no máximo.

— Humm... — Então, sem avisar, Samantha esporeou Maggie, se segurando firme quando a égua saiu correndo.

— Sam! — Blake chamou atrás dela.

Ela grudou os joelhos na égua e segurou firme até Maggie encontrar um ritmo agradável e confortável para galopar. Poucos segundos se passaram e Blake a alcançou. Sua carranca se desfez quando ele viu o sorriso dela ao ultrapassá-la. Em vez de forçá-la a parar, ele deixou que Blaze assumisse a liderança, e Maggie o seguiu.

O vento gelado fazia os cabelos de Samantha voarem, puxando os fios para fora da fivela. A paisagem ia passando, mas não tão rápido a ponto de fazê-la perder o cheiro da lavanda em flor ou da grama fresca sob os cascos dos cavalos. Ela poderia se acostumar com isso. A liberdade de cavalgar para longe das preocupações da vida, de fugir ao ar livre...

Eles percorreram o campo aberto em cinco minutos e tiveram que abrandar o passo dos cavalos para atravessar o bosque. Tanto Maggie quanto Samantha precisavam recuperar o fôlego.

— Foi maravilhoso — disse ela.

Os olhos cinzentos de Blake captaram os dela e ali ficaram. Pela segunda vez no dia, ele parecia relaxado e despreocupado. Por um momento, ela pensou que ele iria dizer alguma coisa, mas Blake baixou o olhar e puxou as rédeas para fazer Blaze entrar mais fundo entre as árvores.

— É tão bonito aqui. E tranquilo — ela comentou.

— Quando eu era criança, vinha a cavalo aqui o tempo todo, para escapar do meu pai.

— Ele era tão ruim assim?

Parecia que Blake e o pai haviam tido o pior dos relacionamentos, mas ele não aprofundava o assunto.

— É que eu não era como ele.

— Era isso que ele queria? Uma miniatura dele?

Blake assentiu.

Samantha queria fazer mais perguntas, mas ele levou seu cavalo à frente do dela pelo caminho que se estreitava. Logo o som da água cobria o dos cavalos.

Quando as árvores se abriram para revelar o riacho, Samantha entendeu por que Blake escolhia aquele lugar como refúgio. A água cristalina caía em cascata sobre as pedras e mergulhava ao redor de árvores e galhos caídos. Musgo e grama cresciam às margens. A cena a fez imaginar Blake na infância, sentado na beira do rio, jogando pedras na água.

— Ainda estamos nas suas terras?

— Sim. A propriedade tem mais de duzentos hectares. Mas este é o lugar mais bonito.

— É maravilhoso, Blake.

O caminho se abria para um pequeno prado com uma casa de campo na extremidade. Quando ultrapassaram as árvores, Blake desceu do cavalo.

— Vamos deixar os animais beberem água primeiro. Depois a gente prende os dois.

Samantha deslizou para o chão com as pernas bambas. Toda essa energia era boa, revigorante. Enquanto os cavalos bebiam no riacho, ela perguntou:

— Com que frequência essa casa de campo é usada?

— Quase nunca. Por um tempo, eu fui o único a vir aqui. Acho que a Gwen dava umas escapadas para cá depois que eu fui embora.

— Vou perguntar a ela — disse Samantha.

Blake levou os cavalos até um poste e os amarrou, com corda suficiente para que pudessem pastar.

— Vem, vou te mostrar a casa por dentro.

Samantha pegou a mão de Blake, curtindo o calor de seus dedos circundando os dela, e subiu ao lado dele os poucos degraus até a varanda.

A porta se abriu com um pequeno empurrão.

— Você não tranca?

— Não precisa.

Quando entrou, Samantha ficou sem fôlego. No centro da sala havia uma mesa posta para dois. Guardanapos de linho, um belo jogo de porcelana e taças de cristal os aguardavam. Além de uma garrafa de vinho imersa em um balde de gelo. Grandes bandejas de prata estavam forradas de comida.

— Ah, Blake, que lindo!

— Gostou?

Ela se virou para ele e abraçou sua cintura. Em seguida o olhou nos olhos, sorriu e alçou os lábios em direção aos dele.

— Amei.

Blake aceitou seus lábios em um breve beijo, mas, quando ela começou a se afastar, ele a abraçou mais forte e inclinou a cabeça. O beijo de gratidão passou rapidamente a algo mais.

A sensação das mãos de Blake vagando por suas costas a fez gemer. Todos os pontos que ele tocava se aqueciam instantaneamente. Sempre que faziam amor, era como se não conseguissem se largar por um segundo sequer.

Blake mordiscou o lábio de Sam, enquanto a mão deslizava para o seio dela.

— Eu sou uma pessoa terrível — disse ele, entre um beijo e outro.

Ela jogou a cabeça para trás, completamente perdida.

— Por que está dizendo isso?

Ele a fez caminhar de costas e fechou a porta com um pontapé.

— Nós nem comemos ainda, e já estou agarrando você todinha.

Rindo, ela lançou longe os sapatos e tirou o suéter.

— Está dizendo que devíamos só comer?

Blake tirou a camisa, jogando-a através da sala.

— Comer primeiro, depois fazer amor. Esse era o plano.

Lambendo a clavícula dele até chegar a um dos mamilos, ela riu.

— Fazer amor, depois comer. — Foi mordiscando até o outro lado. — E depois fazer amor de novo.

Blake arrancou a blusa dela e a levou até o único quarto da casa. Samantha mal vislumbrou as cortinas de renda que emolduravam a janela ou a colcha estampada que cobria a cama antes que Blake se deitasse sobre ela.

— Você é tão gostoso — disse ela, adorando sentir o peso do corpo dele sobre si.

— Você que é.

Os dedos ágeis de Blake abriram o sutiã de Sam e o jogaram de lado em segundos. Seus lábios reivindicaram um mamilo dela, lambendo, circundando a ponta rosada, mordiscando.

— Tem gosto de primavera — sussurrou ele, antes de dar atenção ao outro mamilo.

Ele foi movimentando a língua lenta e constantemente. Samantha se contorcia de prazer. Descendo por sua barriga firme, ele tirou a calça dela, beijando o caminho do quadril à coxa.

Eles sempre iam direto para a penetração quando faziam amor, mas Samantha sentiu que dessa vez seria diferente, mais lento e tão prazeroso quanto. Os polegares macios de Blake subiram por suas coxas quando a calça já estava no chão. Ele enganchou um dedo na calcinha dela e acariciou a pele sensível do quadril.

— Acho que o meu alimento vai vir antes e depois que comermos o que está na mesa — disse ele, soltando uma respiração quente sobre a carne dela.

Samantha sentiu uma pontada de vulnerabilidade atravessá-la. Apesar de ficar muito à vontade com Blake na cama, homem nenhum havia beijado a carne sensível entre suas coxas.

— Que foi? — ele perguntou, com o queixo perigosamente perto da calcinha úmida dela e os olhos apertados de preocupação.

— Eu... eu nunca... — Caramba, obviamente ela não era virgem, mas nisso era. — Ninguém nunca... — Ela desviou o olhar para suas partes baixas antes de voltar a encará-lo.

O entendimento transpareceu nos olhos de Blake, e um sorriso suave se espalhou em seus lábios.

— Nunca?

Ela balançou rapidamente a cabeça.

Ele desceu os lábios para beijar a pele abaixo do umbigo de Sam, sem tirar os olhos dos dela.

— Bom saber.

Ao ouvir essas duas palavras, Samantha deixou de lado a vulnerabilidade e relaxou nos braços magistrais de Blake. Com a língua, ele procurou a carne dela depois de se livrar do tecido entre suas coxas. Deu beijos quentes, de lábios abertos, ao redor de seu centro, até Sam afastar as pernas para lhe dar mais espaço. Blake chupou, lambeu, gemeu em seu corpo, até ela quase perder as forças, desejando mais. Quando a boca dele tocou o ponto mais sensível do corpo de Samantha, ela quase deu um pulo na cama. Blake a segurou no lugar, girando a língua ao redor, provocando pequenos espasmos no fundo das entranhas de Sam. Ela podia sentir que a intensidade do orgasmo iminente não seria parecida com nada que já tivesse experimentado antes. Ele a levou quase lá e recuou, e Samantha apertou seus ombros em resposta.

Blake estava brincando com ela, ensinando-lhe a ansiar pelo máximo prazer, e tudo o que Sam podia fazer era implorar por mais.

— Por favor...

Bastou um movimento com a língua, sugando gentilmente, e Samantha transbordou, gritando. Seu corpo tremia enquanto ela curtia a sensação até o fim.

Quando ela achou que era seguro abrir os olhos, encontrou Blake sorrindo para ela. Suas largas mãos percorreram todo o seu corpo enquanto ele esperava sua atenção.

— Você é um pecado — disse ela, com sua voz baixa e gutural.

Ele depositou um beijo delicado em seus lábios.

— Você é tão sexy. Agora que te provei, vou querer mais.

Ela passou levemente a mão pelo quadril de Blake e se surpreendeu ao perceber que ele havia conseguido se livrar de todas as suas roupas. Como não tinha a intenção de receber sem dar nada em troca, Samantha abriu um sorriso antes de empurrar Blake de costas na cama para prová-lo também. Seguindo seu exemplo, primeiro passou os dedos pelo seu quadril, depois a língua. O almíscar salgado da pele de Blake foi torturando suas papilas gustativas, até ela ficar com água na boca.

— Devo me preocupar? — sussurrou ele, quando ela roçou seu membro com o rosto.

— Por quê? — ela perguntou, fingindo inocência. — Já vi isso nos filmes.

Ela não vira, mas queria que ele pensasse que sim. Havia tido uma breve experiência com sexo oral, e depois lera alguns livros. Ao que parecia, toneladas de escritores sabiam como a coisa funcionava.

— Mas...

Samantha o levou para dentro da caverna quente e profunda de sua boca.

— Ah, Samantha... — Blake gemeu, inclinando os quadris para a frente, pedindo mais.

Ela sorriu para ele, lambendo, provando e desejando o prazer dele quase tanto quanto o seu. O cheiro almiscarado do membro de Blake a preencheu quando ela o levou até a beira do orgasmo, antes de retroceder. Ela continuaria, mas ele a afastou gentilmente.

— Chega.

— Não gostou? — ela brincou, sabendo que ele estava adorando aquilo. Ela queria ir até o fim, como ele havia feito com ela.

— Outra hora — disse ele, antes de pegar a carteira e tirar um preservativo.

Samantha o ajudou com o látex e então rastejou sobre ele. Ela o beijou profundamente, misturando o gosto dos dois enquanto ele a penetrava. Cheio de desejo, ele preenchia cada centímetro do sexo dela, alargando-o. Blake ergueu o tronco para encontrar o corpo de Sam, recuou e mergulhou de novo. Entrelaçou os dedos nos cabelos dela e segurou firme ao ver o corpo de Samantha responder ao seu com paixão e necessidade renovadas.

Sam não se cansava dele. Seus seios roçavam os pelos macios e suaves do peito de Blake. As batidas do coração dele ultrapassavam as costelas e penetravam nas dela. Embora ela dissesse a si mesma que o tempo que passavam juntos tinha como objetivo o prazer físico, uma experiência sexual mutuamente satisfatória, pedacinhos de seu coração se derretiam dentro do dele.

Eles se moviam juntos, retesando-se como cordas de violino, até que ela relaxou, esgotada. E os músculos nos braços de Blake se tensionaram quando ele a abraçou e gemeu no ouvido dela ao gozar.

Enquanto o mundo se calava e Blake murmurava palavras doces, Samantha sabia que estava em apuros. Apaixonar-se por seu marido não fazia parte dos seus planos. Mas, apesar da honestidade que havia em seu relacionamento, não parecia sábio expressar suas preocupações.

Quando a respiração deles se acalmou e o calor de seus corpos se esvaiu, Samantha se forçou a se afastar dos braços dele. Seu estômago roncou nesse exato momento, dando-lhe a desculpa perfeita.

— Estou morrendo de fome.

Albany Hall se encheu de gente, todos querendo dar uma olhada na nova duquesa, a mulher com quem Blake finalmente havia se casado. As pessoas cochichavam — por isso Blake já esperava —, mas ninguém ousaria mostrar nada além de respeito ao novo casal.

Blake viu Samantha do outro lado da sala conversando com Gwen e um casal. Sam usava um vestido marfim de seda deslumbrante, que deixava de fora suas costas graciosas. Ele colocara um pingente de esmeralda no pescoço dela, e brincos combinando nas orelhas. Os saltos de dez centímetros espiavam por baixo do tecido, através de uma fenda que percorria toda a extensão de sua coxa. Sua mulher estava magnífica. Tinha uma elegância inata e uma beleza que era tudo menos superficial. Blake se sentia verdadeiramente orgulhoso de chamá-la de esposa.

Carter, que havia ido à Inglaterra para a recepção, parou ao lado de Blake.

— Mal posso acreditar na transformação da sua esposa — sussurrou para que só o amigo ouvisse.

— Ela está linda.

Engraçado... Blake não havia ficado surpreso com as mudanças. Samantha parecia florescer diante dele; a cada dia um pouco mais de luz brilhava em seus olhos, um pouco mais de confiança permeava seus passos.

— É mais que isso. — Carter olhou para um dos advogados do outro lado da sala. — Como vão as outras coisas?

Blake não falaria nada em uma sala cheia de ouvidos.

— Tudo ótimo. Vamos voltar aos Estados Unidos dentro de alguns dias. A Gwen queria ir junto, mas eu a convenci de que a Samantha e eu precisamos passar um tempo sozinhos antes de começar a entreter a família.

Carter riu.

— E funcionou?

— Claro. — Por que não funcionaria? Metade da família os havia visto voltando do passeio à casa de campo, no dia anterior. Depois de fazer amor, almoçar, encontrar um lugar ensolarado na grama e fazer amor uma segunda vez, suas roupas estavam amassadas, e os cabelos, revirados. Não havia como não imaginar o que eles tinham feito.

— Cuidado, Blake.

Ele ergueu seu copo de bebida e olhou para o amigo por sobre a borda.

— Cuidado com quê?

— Alguma coisa em você está diferente. Tenha cuidado.

Blake endireitou os ombros.

— Eu sempre tenho.

Samantha caminhou em direção a eles com um sorriso nos lábios. Blake apoiou o copo em uma mesinha e passou o braço ao redor da cintura dela.

— Você se lembra do Carter?

— Como alguém poderia esquecer o Carter? — disse Samantha, inclinando-se para a frente quando ele lhe deu um beijo no rosto.

Embora seu melhor amigo não fosse uma ameaça, Blake não gostou de ver os olhos de Samantha se iluminarem ao olhar para ele.

— Hollywood ainda não te chamou? — ela perguntou.

Carter riu. Samantha havia feito uma piadinha sobre a beleza hollywoodiana dele, dizendo que ele poderia arrumar trabalho em um filme se estivesse cansado de tentar a carreira política.

— Ainda não. Mas estou aguardando.

Blake apertou o braço ao redor de Samantha.

— Sua mãe sugeriu irmos para o salão de baile para começar a dançar. Parece que ninguém vai começar enquanto não girarmos algumas vezes na pista — disse ela.

Pensar em Samantha bem pertinho dele deu motivação a seus pés.

— Se nos der licença...

Carter assentiu enquanto eles se afastavam.

— Eu já disse que você está linda esta noite? — Blake sussurrou no ouvido dela.

— Já. E você também está.

Blake apreciou o elogio e sorriu. Ele estava de smoking, e por que não? Eles não haviam tido oportunidade de se arrumar para o casamento, de modo que agora era a ocasião perfeita.

Os dois entraram no salão de baile, onde um quarteto de cordas tocava num canto. Quando os músicos os viram, encerraram a música e começaram outra. Blake levou Samantha para o centro do salão e a puxou para seus braços. Ela ergueu as mãos até os ombros dele enquanto se moviam com a música. As bochechas de Samantha floresceram em cor.

— As pessoas estão olhando.

Blake passou os dedos na borda do vestido dela, na parte inferior de suas costas, e a puxou mais para si.

— É isso que elas fazem na primeira dança dos noivos. — E, ao sentir sua esposa ficar tensa, ele a provocou: — Eles querem me ver tropeçar. — Blake a girou e a aproximou de novo.

— Vão ter que esperar sentados. Parece que você sabe o que está fazendo.

Blake tirou um dos braços dela de seu pescoço e a fez girar de novo antes de puxá-la de volta.

— Já dancei uma ou duas vezes.

— Ou três ou quatro — disse ela.

Samantha se deixava guiar, relaxada em seus braços. Quando a dança terminou, ele a encarou e levou os lábios aos dela para um rápido beijo. Flashes cintilaram e várias pessoas aplaudiram. O quarteto iniciou outra música, e dessa vez a pista de dança começou a encher.

Samantha levou a boca ao ouvido dele:

— Foi um beijo para as câmeras?

Os lábios de Blake se curvaram.

— Aquele beijo foi para você. Mas este... — ele a fez arquear as costas para trás e grudou a boca na dela de novo, antes de puxá-la de volta — é para as câmeras.

Samantha mordeu o lábio inferior enquanto sorria.

— E eu pensando que os ingleses não gostassem de demonstrações públicas de afeto.

Blake jogou a cabeça para trás e riu.

— Nós dois sabemos como eu desejo parecer um inglês.

Rindo, eles giraram, até que Blake sentiu alguém bater em seu ombro. Voltou-se para ver Carter sorrindo.

— Posso tirá-la para dançar?

Blake quase o mandou cair fora. Mas inclinou a cabeça para sua esposa e deixou que o amigo dançasse com ela. Seguiu-os com o olhar pela pista de dança, imaginando o que Carter estaria dizendo para fazê-la rir.

— Calma, irmãozinho — Gwen comentou ao lado dele. — Eles só estão dançando.

— O quê? — disse Blake, pestanejando, e olhou para a irmã.

— Eu quero que você dance comigo. — Ela o puxou pela mão até que ele concordou. — Gostei muito dela, sabia? — disse Gwen.

Blake teve que girar sua irmã para conseguir ver a esposa.

— Ela gostou de você também.

— Ela é muito mais legal do que qualquer mulher que você já namorou. Posso ver por que se casou com ela. Sem contar que é americana, coisa que o papai teria odiado.

Blake se obrigou a prestar atenção no que sua irmã estava falando.

— Eu não casei com ela para fazer pirraça ao nosso falecido pai.

Não, ele se casara com ela *por causa* de seu falecido pai.

— Mas é um bônus o fato de que ele não teria aprovado — ela completou.

Ele era tão transparente assim, que até sua irmã podia enxergar seus demônios? Será que ele estava fazendo todo aquele esforço, contando todas aquelas mentiras, por causa de um homem morto? O que aconteceria quando Blake deixasse de lado toda a animosidade e a dor do passado?

— Não faça essa cara, Blake. As pessoas vão pensar que estamos brigando.

Ele olhou para sua irmã e forçou um sorriso.

— E quanto a você, Gwendolyn, nunca pensou em contrariar o homem?

— Não — ela balançou a cabeça. — A mamãe precisava de mim aqui. Já pensou se eu a deixasse sozinha com ele?

Blake piscou ao ouvir as palavras de sua irmã.

— Não tiro sua razão, mas acho que a mamãe não quer que você deixe de viver sua vida por ela.

Gwen deu um tapinha no braço dele.

— Eu sei. Nós conversamos sobre eu viajar, conhecer mais do mundo sem ela ao meu lado. Imagino que, agora que você se casou, a mamãe vai focar mais em você e na sua família.

— Somos só a Samantha e eu.

— Por favor, eu vejo as coisas. Não vai demorar muito para que tenha mais uma pessoa entre vocês.

A música estava quase acabando, e, felizmente, a dança deles também.

— Nós nem cortamos o bolo de casamento, Gwen. Não vamos começar a falar sobre bolos de aniversário. — Mas sua mente já estava lá, desde que Mark dificultara seus planos com mais um obstáculo.

Ele e Gwen se separaram, e Blake virou para procurar Samantha. Infelizmente, sua tia o encurralou para dançar, e Sam já estava nos braços de um de seus primos dissimulados.

A festa durou até as primeiras horas da madrugada. Os convidados de fora da cidade ficaram nos quartos da propriedade, enquanto os que moravam nas redondezas foram para casa.

De volta ao quarto, Samantha tirou os sapatos na porta e afundou os pés no tapete.

— Ah, que delícia.

— Achei que os convidados nunca mais iriam embora — disse ele.

— Embora? Alguns homens foram para a sala azul jogar cartas e fumar charuto. Pareciam cavalheiros ingleses do século dezoito, pelo jeito como falavam.

Blake afrouxou a gravata e tirou os sapatos.

— Como assim?

— Um deles, acho que se chama Gilbert...

— Gilabert — corrigiu ele, instantaneamente visualizando o homem. — Fortuna antiga, como o pai dele, de hábitos arraigados.

— Que nome bobo para um homem adulto... Mas, enfim, Gilabert dispensou a esposa de um colega de pôquer quando ela perguntou se podia jogar com eles. "Ah, não, mulheres não são permitidas." — Samantha baixou a voz e tentou imitar o inglês britânico.

— É a cara dele — disse Blake.

— Se ele tivesse dito isso para mim, eu teria sentado do lado do homem, só para irritá-lo.

Blake ia gostar dessa cena.

— Agora imagine isso multiplicado por dez e você vai ter uma ideia de como o meu pai era.

Samantha o fitou, horrorizada.

— Sinto muito!

— Eu também.

Balançando a cabeça, ela entrou no closet, e Blake começou a tirar a camisa de dentro da calça.

— Você e eu somos estragados — Samantha comentou do outro aposento.

— É mesmo? Por quê?

— Nossos pais deixaram marcas na gente. O seu volta do túmulo ainda dando ordens, e o meu me faz questionar cada homem que já entrou na minha vida.

Blake jogou a camisa no encosto de uma cadeira antes de desabotoar a calça.

— Você não parece me questionar.

— Ah, no começo eu questionei. Pelo menos naqueles primeiros dias. Mas você me conquistou.

Ele sorriu ao ouvir isso.

— É mesmo?

— Você sempre foi sincero, desde o início. Eu admiro isso.

Ele hesitou. Deveria dizer alguma coisa sobre o novo probleminha que o advogado havia levantado. Mas sua boca estava seca como um deserto.

— Fiquei chocada quando alguns dos seus colegas me contaram como você é implacável nos negócios. Acho que ainda não conheci esse seu lado.

Ele era tudo isso e muito mais. Blake não perdia. Nunca desviava de seus objetivos, até atingi-los.

— Alguém falou mal de mim?

— Ah, por favor, Blake. Como se eu fosse deixar... Não, ninguém falou mal, só me deram informações. Foi estranho, até o advogado... Qual é mesmo o nome dele?

O coração de Blake deu um pulo no peito.

— Mark Parker?

— Isso.

Blake teve que se sentar. Ainda bem que a cama estava logo atrás dele.

— Ele disse que você e o seu pai tinham a mesma maneira cruel de sempre conseguir o que querem. Eu tive que rir. Fiquei pensando em você no restaurante de Malibu me dizendo que todos têm um preço. O Mark parecia querer acrescentar alguma coisa, mas eu continuei rindo. Acho que ele ficou irritado comigo e se afastou.

Um longo suspiro saiu dos lábios de Blake. Mark ficara de boca fechada. Graças a Deus.

Não que Blake fosse esconder para sempre de Samantha a nova parte do testamento, só que precisava de mais tempo para encontrar uma brecha, alguma coisa para que pudesse manter sua herança e sua esposa.

Bem, pelo menos por um ano. Menos de doze meses, na verdade.

Samantha limpou a garganta do outro lado do quarto, onde estava apoiada no batente da porta. Tinha vestido uma camisola de renda branca e uma calcinha que não cobria quase nada. Seu cabelo, que estivera preso em um coque a noite toda, caía sobre seus ombros em uma linda nuvem avermelhada.

Estava segurando uma caixa de preservativos vazia.

— Por favor, me diga que tem mais dessas — falou, girando a caixa.

— E eu achando que você estaria cansada demais esta noite.

Ele estava, a propósito. Mas seu corpo despertou enquanto ela caminhava em sua direção, balançando os quadris no ritmo de seu coração.

Ele estava só de cueca, e Samantha baixou o olhar.

— Você não está nada cansado. — E deslizou a mão pelo peito dele.

Blake inspirou o cheiro da pele dela. Trezentos e sessenta e cinco dias não pareciam suficientes.

— Além disso — sussurrou ela, com sua voz sexy e profunda —, nós não tivemos nossa noite de núpcias de verdade, como deveríamos. Acho que precisamos recuperar o tempo perdido. — E bateu a caixa no peito dele. — Mas precisamos de mais disso aqui. Quando eu voltar para os Estados Unidos vou marcar uma consulta com a minha médica, mas, até lá, precisamos ter cuidado.

— Minha mala — disse ele. — Vou buscar.

Ele não queria se sentir tentado a tomar algo que ela não lhe desse livremente, de modo que foi procurar e encontrou uma caixa de preservativos pela metade.

Quando voltou para a cama, Samantha já estava espalhada sobre a coberta, com um joelho para cima, se oferecendo para ele. Blake afastou da cabeça os advogados, o dia seguinte e todos os próximos, e só pensou em fazer amor com sua esposa.

~ひ10 ~

QUANDO VOLTOU AOS ESTADOS UNIDOS, Samantha foi imediatamente à Moonlight visitar Jordan. A culpa por ter curtido o tempo que passara na Inglaterra com Gwen, somada à excitação de sua nova vida com Blake, fez seu estômago se apertar quando entrou no quarto da irmã. O cabelo loiro-avermelhado de Jordan estava preso com um elástico, e a blusa de algodão cor-de-rosa ostentava uma mancha causada por uma porção de seu almoço que havia errado o alvo.

— Oi, linda — disse Samantha, se sentando em uma cadeira ao lado de Jordan, que olhava pela janela.

A garota lhe ofereceu um meio sorriso; era tudo o que conseguia depois do AVC. Seus olhos se iluminaram em reconhecimento, e ela ergueu o braço bom, que Samantha segurou firme.

— S... Saudade. — Jordan arrastava as palavras.

— Eu também fiquei com saudade.

Sam havia perdido apenas um dia de visita, mas sabia que Jordan ficava na expectativa. Sua irmã não tinha muito estímulo para tirá-la da cama de manhã.

— Já comeu? — Samantha perguntou.

— Sim — disse ela, mas a cabeça balançou em negação.

Uma das coisas que Samantha havia aprendido era a interpretar a linguagem corporal de Jordan, mais que suas palavras. Estas não saíam facilmente, e muitas vezes não combinavam com os pensamentos de Jordan. As expressões faciais e os gestos eram a chave para entendê-la.

— Quer me ajudar com esta carne chinesa? É do Golden Wok, seu restaurante favorito.

Jordan sorriu.

— Gosto de lá.

— Eu sei. Eu também.

Samantha abriu a caixa de isopor, e o cheiro de carne picante se espalhou pelo ar. Depois de fixar uma bandeja na frente da irmã e colocar sobre ela um prato de comida, Samantha pôs o garfo na mão de Jordan. Ela odiava que a alimentassem. Mesmo que tivesse de batalhar para levar a comida à boca, Jordan gostava de fazer isso sozinha.

— Eu... eu vejo... humm... eu vi... — Jordan se esforçava para encontrar as palavras.

— Quem você viu?

Samantha deu uma garfada em seu almoço tardio e se deu conta de que não havia comido o dia todo. Ela e Blake tinham chegado na madrugada anterior e dormido até tarde. Antes do almoço, seguiram caminhos diferentes — Blake para o escritório, Samantha para a clínica. Ela não havia sequer pensado em comida. Os sabores tentadores explodiram em sua boca, e seu estômago roncou, satisfeito.

— A mamãe.

O garfo de Samantha parou no ar. Jordan anuiu com a cabeça. Samantha baixou o garfo.

— Querida, a mamãe morreu faz tempo.

Jordan franziu o cenho, como se procurasse uma lembrança.

— À noite. Vi à noite.

— Em um sonho?

— É — Jordan balançou a cabeça. — À noite.

Samantha estava confusa. Jordan tinha visto alguém que parecia a mãe delas? Talvez uma nova funcionária da clínica? Ou havia sonhado com a mãe e os sinais se cruzaram em seu cérebro?

— Eu também penso nela às vezes — disse.

— Sinto falta dela — disse Jordan.

Samantha colocou a mão no joelho da irmã e concordou:

— Eu também sinto.

— Preciso ir para Nova York — Blake disse a Samantha, quase uma semana depois.

— Eu estava pensando quando você começaria a viajar de novo — ela respondeu.

Sam sabia que Blake passava mais tempo em seu jatinho que em qualquer uma de suas casas. Tê-lo em sua cama todas as noites durante quase um mês era um luxo que ela sabia que não duraria para sempre.

— Você podia ir comigo.

Estavam tomando um café na varanda com vista para o mar, uma rotina que ambos curtiam desde que voltaram da Inglaterra. Parte dela queria sair pulando ao ouvir o convite, mas seu lado prático a impediu de aceitar. O relógio em sua cabeça, que fazia a contagem regressiva do tempo que ela permaneceria como esposa de Blake, ficava mais alto a cada dia. Quanto mais ela tentava ignorar o tique-taque, mais ele penetrava sua alma. Havia momentos, como aquele, quando Blake sorria para ela e a incentivava a viajar com ele, em que Samantha sentia que seu casamento era mais que um pedaço de papel — mais que o ato mercenário com que ambos haviam concordado. O jeito como Blake fazia amor com ela ou a abraçava, mesmo que estivessem muito cansados para fazer qualquer outra coisa, ia ganhando seu coração diariamente.

— Acho melhor não — ela suspirou.

— Por quê?

— Preciso dar mais atenção para a Jordan. Ela não comeu direito enquanto estávamos fora, e vem tendo dificuldade para dormir.

Blake estendeu a mão para ela.

— Você não deve se sentir culpada por ter sua vida, Samantha.

— Eu sei, mas é difícil. Eu sou tudo o que ela tem.

— Você pode trazer a sua irmã para cá. Podemos contratar ajuda em tempo integral.

Era a segunda vez que Blake oferecia realocar sua irmã. E, se o casamento com ele não fosse temporário, ela aceitaria a oferta em uma fração de segundo.

— Já falamos sobre isso. Não seria justo trazer a Jordan para cá e depois levá-la embora quando... Ela não entenderia. Esse tipo de estresse acabaria em mais doenças e complicações médicas.

— Mas...

— Por favor, não. Eu sei que a sua intenção é boa, mas preciso cuidar dos interesses dela em longo prazo.

Blake tomou um gole de café e abandonou o assunto.

— Só vou passar o fim de semana em Nova York. O senador Longhill vai dar um jantar de campanha, e eu tenho que participar.

— É ele que quer dar incentivos fiscais para as exportações, não é?

— Você anda bem informada...

Samantha jogou os cabelos rebeldes para trás e levantou a sobrancelha.

— Toda esta beleza e um cérebro para acompanhar... Chocante, não é?

— É bom poder conversar com uma mulher fora do quarto.

— Ei!

— É, acho que isso não foi justo.

— Espero que não. Senão, talvez eu tenha que traçar uma linha para separar suas palavras daquilo que imagino que seria a personalidade do seu pai.

Blake bateu a mão no peito.

— Ai, essa doeu!

— Sinceridade é a nossa palavra-chave, meu querido duque. Tenho certeza de que ter todas aquelas mulheres não foi tão ruim assim.

— *Todas aquelas mulheres...* Falando desse jeito, parece que eu tinha um harém.

— Você tinha muito mais do que eu.

Ele riu.

— Para isso não precisa de muito, minha querida duquesa.

— Mesmo assim...

— Posso ter conseguido conversar com as mulheres anteriores na minha vida, mas nunca confiei nelas como confio em você. — Blake estreitou os olhos, como se estivesse surpreso com a própria confissão.

Isso provava alguma coisa, não? Certamente Blake tinha mais afeto por ela do que por qualquer namorada que tivera na vida.

— Então você precisa agradar o senador e mantê-lo do seu lado?

— Exatamente.

— Quando você vai?

— Sexta de manhã.

Ela afastou o café frio e apertou a mão de Blake.

— Vou sentir sua falta.

Ele olhou para ela antes de levar sua mão aos lábios e lhe dar um beijo doce. Mas não repetiu suas palavras.

⁓⁓

Blake costumava aguardar ansiosamente os coquetéis. Muitas vezes, eram um terreno fértil para uma noite de sexo sem compromisso, ou até para casos mais longos. Enquanto caminhava pelo salão transbordando de mulheres bonitas, ele pensava em sua esposa. Imaginava Samantha a seu lado, os dois circulando pelo salão, bebendo e comentando sobre as diferentes personalidades ali presentes.

A culpa que ela sentia pela irmã era palpável. Quando retornara da Moonlight, no primeiro dia de volta aos Estados Unidos, Samantha estava à beira das lágrimas. Jordan significava tudo para ela, e Blake era incapaz de aliviar o estresse relacionado aos cuidados da garota.

Claro, Jordan não entenderia quando chegasse a hora de Samantha e ele se separarem, mas certamente o ano valeria a pena. Após algumas negociações com a clínica, ele e Sam haviam tirado Jordan da Moonlight e a levado ao zoológico. O dia pusera tantos sorrisos no rosto das duas que Blake queria bancar o herói e fazer o possível para que elas passassem mais tempo juntas.

As constantes viagens à Moonlight pareciam deixar Samantha cansada. Ela andava quebrando sua rotina de exercícios matinais. Blake não se importava, pois isso significava que podia passar mais tempo com ela antes de ir trabalhar.

— Uma moeda por seus pensamentos. — Uma voz familiar e indesejável o arrancou de seu devaneio.

Ele endireitou os ombros, pronto para encarar uma mulher rejeitada.

— Vanessa.

Muito mais alta que Samantha, de sapatos de salto Vanessa era quase da altura de Blake. Como sempre, ela estava impecável, dos cabelos loiros aos dedos dos pés, que espreitavam através da abertura frontal dos escarpins de salto agulha encravados de pedras.

O sorriso doce de Vanessa antes funcionava, mas agora ele só ouvia o termo que Samantha usara para sua ex: *víbora*.

— Que bom que você ainda lembra o meu nome.

Ele achou que merecia essa. Não teve a oportunidade de terminar com ela antes de decidir escolher uma noiva por meio da empresa de Samantha.

— Não seja ridícula — disse ele em voz baixa e abriu um sorriso forçado.

— Eu sabia que você era implacável, mas nunca pensei que fosse um covarde. Você poderia ter me contado seus planos. Eu poderia ter te ajudado, em vez daquela mulherzinha...

Blake ergueu a mão com que segurava a bebida, interrompendo-a.

— Mais respeito, Vanessa. A Samantha é minha esposa.

— Por quanto tempo, Blake? — ela sussurrou, inclinando-se para ele.

Blake estreitou os olhos, mas manteve o sorriso.

— Você não fica bem de verde.

Os lábios de Vanessa caíram em uma linha apertada.

— Você acha que eu estou com ciúme? *Dela?* — A risada sarcástica de Vanessa atraiu alguns pares de olhos na direção deles. — Você se juntou a uma mulher criada por vigaristas. Dar a ela o seu sobrenome vai ser a sua ruína.

— Obrigado pela preocupação. — Quanto mais calmo ele se mostrava, mais irritada Vanessa ficava. Como ele não vira esse lado dela quando estavam juntos?

— Mulheres como ela não ficam satisfeitas enquanto não possuírem a sua alma. Você vai desejar ter me pedido em casamento. — A víbora fez seu discurso e se endireitou.

Ele se inclinou para a frente, o suficiente para que somente ela pudesse ouvir sua resposta:

— A única coisa que eu queria, Vanessa, é que eu tivesse conhecido a Samantha antes de ter conhecido você.

Isso foi horrível, mas aquela mulher já vomitara veneno suficiente sobre sua esposa.

Em vez de jogar a taça cheia de bebida na cara dele, Vanessa fez algo inesperado. Abriu um sorriso doentio, como se tivesse o mundo nas mãos, e disse:

— Meu Deus, você gosta mesmo da garota. Melhor ainda. Curta a sua dor, Blake. — E então se afastou.

◦～✕～◦

Blake estendeu a estada em Nova York até quarta-feira, o que teria sido ainda pior se Samantha estivesse se sentindo melhor. Ela fizera bom uso do tempo: marcara uma consulta com sua ginecologista e amiga de longa data para encontrar um método contraceptivo mais conveniente.

Sentada na mesa de exame, usando uma camisola de hospital, Samantha se abraçou para se proteger do frio da sala. O estresse de seu casamento e as preocupações com sua irmã não a deixavam dormir à noite e estavam prejudicando seu apetite.

Uma leve batida na porta antecedeu a entrada da dra. Luna. Com quarenta e poucos anos, a dra. Luna era médica de Samantha desde a adolescência. Ela cuidara de Sam todas as vezes em que esta adoecera e a amparara quando da morte de sua mãe.

— Ah, aqui está você. Estávamos nos perguntando quando a veríamos de novo.

— Oi, Debbie.

As formalidades haviam desaparecido muito tempo atrás, tornando ainda mais fácil estar no consultório. A médica a abraçou antes de se sentar em um banco de rodinhas.

— Que bom te ver.

— Minha vida anda meio maluca.

— Eu sei. Não é todo dia que eu vejo o rosto de uma paciente minha nos jornais. Não acredito que você se casou! Eu nem sabia que você estava namorando.

— O Blake e eu resolvemos não esperar quando tivemos certeza do que queríamos. — Não era completamente mentira, mas, com certeza, não era totalmente verdade. Até então, esse discurso havia funcionado com todas as pessoas com quem Samantha o usara. — Um dos motivos pelos quais estou aqui é a pílula anticoncepcional.

Debbie sorriu.

— Claro. Quando começar a tomar, você vai se perguntar por que demorou tanto.

Elas falaram por algum tempo sobre os prós e os contras da pílula, antes de Debbie perguntar:

— E o que mais está te incomodando?

— Não sei bem. Ando meio desanimada ultimamente. No início pensei que estava só sendo preguiçosa, curtindo uma lua de mel estendida. Mas não tenho apetite a maior parte do dia, e ando mais cansada que o normal.

Debbie rabiscou algumas anotações na ficha de Sam.

— Teve febre?

— Não.

— Tosse?

— Não.

— Náusea, vômito, mudança nos padrões intestinais?

— Um pouco de enjoo. Mas acho que é porque fico muito tempo sem comer.

— Humm. — Debbie se levantou e tirou o estetoscópio do pescoço. Depois de auscultar os pulmões de Sam, disse: — Deite-se.

Samantha relaxou na mesa de exame enquanto Debbie pressionava sua barriga.

— Dói?

— Não.

— Quando foi sua última menstruação?

Samantha olhou para o teto.

— Devo menstruar por esses dias.

— Quando foi a última?

— Não lembro. Nunca fui muito regulada. — Uma sensação ruim começou a crescer profundamente no estômago de Sam.

Debbie inclinou a cabeça.

— O que vocês estão usando para evitar a gravidez?

— Eu não estou grávida!

— Eu não disse que está.

Samantha se sentou, incapaz de permanecer deitada e imóvel.

— Preservativos. E nunca esquecemos de usar. Acabamos com quase todas as caixas que ele tinha — disse Sam com um riso nervoso.

— A taxa de natalidade com uso de preservativos é de dois por cento.

— Debbie, eu não estou grávida.

A médica deu um tapinha no braço de Samantha antes de pegar um potinho atrás dela.

— Você sabe onde é o banheiro. Vamos descartar a gravidez entre as possíveis razões para o seu mal-estar e então começar a procurar outras causas.

Samantha pulou da mesa, ignorando o leve tremor de suas mãos.

— Tudo bem.

Os trinta minutos seguintes foram os mais longos de sua vida. Sam retrocedeu no calendário de seu smartphone até antes de conhecer Blake, tentando desesperadamente provar que Debbie estava errada. Mas, quando a porta se abriu e a médica entrou, Samantha sentiu seu coração parar.

— Parabéns.

Ela se levantou abruptamente, sacudindo a cabeça.

— Não!

— Podemos fazer um exame de sangue, mas o de urina é bem preciso. Você está grávida, não doente.

Tudo parou. O relógio da parede marcava os segundos, e a sala se fechou ao redor dela. O peito de Sam começou a subir e descer rapidamente enquanto ela lutava para conseguir respirar. Lágrimas começaram a pinicar seus olhos.

— Mas nós fomos supercuidadosos.

Debbie deu uma tapinha na mão de Sam e a encorajou a se sentar de novo.

— Estou vendo que isso não estava nos seus planos. Talvez vocês quisessem esperar para começar uma família, mas as coisas são como são.

O que ela iria fazer agora? Blake confiara nela. Como era possível que estivesse acontecendo isso? Eles tinham tomado cuidado!

146

— Sente-se. — Debbie a ajudou a voltar para a mesa de exame. — Respire fundo. Vai dar tudo certo.

— Você não entende... — Como poderia? Debbie via nela apenas uma mulher recém-casada. Qualquer outra pessoa ficaria encantada com a notícia de um bebê.

— Então me ajude a entender. Do que você tem medo?

Do sorriso carinhoso no rosto do Blake se transformar em ódio quando ele descobrir sobre a gravidez. Toda a confiança e o respeito mútuos acabariam no minuto em que ela lhe desse a notícia.

— Nós não queríamos isso — Samantha sussurrou, perdida em pensamentos.

— Você não é a primeira recém-casada a engravidar. Tenho certeza de que o seu marido te ama. Ele vai entender.

Mas ele não a amava.

Uma lágrima rolou pela face de Sam.

— Samantha?

Ela olhou para sua velha amiga, cuja preocupação estava estampada no rosto.

— Qual é o problema? Você não chorou quando sua mãe morreu, nem quando sua irmã foi parar no pronto-socorro. — Debbie já estava sentada ao lado dela, segurando suas mãos.

Sam mordeu o lábio, se forçou a parar de chorar e balançou a cabeça.

— Mulheres são criaturas emocionais. Especialmente mulheres grávidas. — *Ah, meu Deus, eu estou grávida.*

— Tem certeza que é só isso?

Incapaz de contar a verdade a Debbie, Samantha assentiu.

— Estou em choque. Preciso de tempo para me acostumar com a ideia.

— Você sempre se acostumou, independentemente da situação.

— Eu sei.

— Muito bem, vamos falar de algumas coisas que você precisa saber. Vou te encaminhar ao dr. Marzikian... — Debbie falou sobre os primeiros meses de gravidez, mas Samantha mal lhe deu atenção.

Ao sair do consultório com uma receita de vitaminas em vez de pílula anticoncepcional, Samantha se sentiu mais sozinha do que nunca. Quando chegou ao carro, desabou em lágrimas.

⚬~✖︎~⚬

Jeff Melina, o advogado de Blake, estava sentado à sua frente, sacudindo um papel no ar.

— Seu pai era um idiota.

— Me conte algo que eu já não saiba.

— Nunca vi um testamento mais blindado em toda a minha vida. E você achou que teria alguma brecha para não fazer o que ele exigiu?

Essas não eram as palavras que Blake queria ouvir.

— Tem que ter alguma coisa.

Jeff jogou os papéis em cima da mesa.

— Eu procurei. Parece que o seu pai sabia que você iria ficar casado só pelo tempo de receber a herança e então iria se divorciar.

Blake não pudera evitar confiar tudo a seu advogado desde o início.

— Isso acabou com os meus planos.

— Se você arranjasse um médico sem escrúpulos para forjar o histórico médico da Samantha, dizendo que ela não pode engravidar... Ah, esqueça que eu disse isso.

Blake sacudiu a cabeça.

— A Samantha vai consultar a médica dela em Los Angeles esta semana para começar a tomar pílula.

Jeff bateu na mesa.

— Então você *está* transando com ela! Eu não achava mesmo que você iria aguentar.

— Foi mais fácil ceder do que fingir que não estávamos interessados um no outro.

Blake mal podia esperar seu voo naquela noite. Não via a hora de chegar em casa e transar com Sam mais uma vez. Sentia falta dela. Quando conversaram por telefone no início do dia, ela não parecia bem. Alguma coisa a incomodava. Ele perguntara, mas ela respondera que nada de mais estava acontecendo.

— Sabe, tem uma coisa que você não levou em consideração — disse o advogado.

Blake se considerava um homem bastante meticuloso.

— O quê?

Jeff nivelou seu olhar com o de Blake.

— Engravidá-la.

— Você não ouviu o que eu disse sobre a pílula?

— São necessários dois métodos de contracepção no primeiro mês — explicou o advogado.

Blake se levantou e começou a andar de um lado para o outro.

— Meu Deus, Jeff. Você está brincando comigo, né?

— As mulheres vêm enganando os homens com gestações indesejadas há séculos. Elas não querem direitos iguais?

Blake fez um aceno com a mão.

— Pare com isso. Eu sei que você me acha um cretino, mas não chego a tanto.

Obviamente seu advogado chegava, o que poderia ser uma coisa boa em um tribunal, mas não nessa situação.

— Meu trabalho é encontrar uma maneira legal de conseguir o que você quer. É só uma sugestão. Você pode tentar pedir para ela.

— Pedir para ela engravidar?

— Por que não? É bem evidente que ela tem um preço.

Blake sentiu a mandíbula se retesar. Jeff estava pisando em uma linha tênue, mesmo que houvesse certa verdade em seu argumento.

— Ela não é uma prostituta, Jeff.

— Você está pagando dez milhões de dólares para que ela seja sua esposa por um ano, e está transando com ela.

Blake foi até a mesa do advogado num piscar de olhos. Ele se apoiou na borda e aproximou o rosto do de Jeff.

— Cuidado com o que você diz.

— Ei, cara, calma lá. Eu não sabia que você gostava mesmo dela. Desculpe. — O rosto de Jeff ficou pálido.

Enquanto Blake se afastava, ele se perguntou se teria de arranjar outro advogado. O jeito como Jeff falara de Samantha, como se ela não fosse mais que um pedaço de carne, o deixara furioso.

— Acho que terminamos aqui. — Blake precisava sair daquele escritório antes que começasse a distribuir socos.

Jeff alisou a gravata enquanto se levantava.

— Se ela gosta de você metade do que você parece gostar dela, talvez concorde em ter um filho seu. As mulheres são emocionais.

Onde Blake já ouvira isso?

Talvez.

11

BLAKE CONVERSARIA COM SAMANTHA À noite. Não podia guardar para si por mais tempo a vontade de seu pai. Honestidade era a palavra-chave deles. A confiança absoluta de Samantha nele o faria um homem melhor. Blake ficara assustado ao perceber que Jeff pensava que ele poderia forçar Samantha a engravidar ou que a usaria desse jeito. Ele havia conquistado essa reputação nojenta? Talvez sim. Não havia muita gente que fizesse um julgamento melhor a respeito dele — exceto, talvez, Samantha.

Manter a confiança dela de repente pareceu primordial.

Passava um pouco das seis da tarde quando ele entrou em sua casa em Malibu. O barulho de Mary na cozinha foi o que primeiro atraiu sua atenção.

— Espero que tenha feito o suficiente para dois — disse ele, chamando a atenção da mulher.

— Ah, você está em casa! Graças a Deus. Pensei que teria que te ligar.

— Ligar? Por quê? Está tudo bem? — Blake olhou ao redor na cozinha, esperando ver Samantha entrar. Ela não estava muito acostumada com os serviços de Mary e muitas vezes dava uma mão nas tarefas.

— É a Samantha. Ela mal saiu do quarto o dia todo.

Um alarme disparou na cabeça de Blake.

— Ela está doente?

Ele já estava indo em direção às escadas. Mary o seguiu, com o pano de prato na mão.

— Não sei. Ela disse que está bem. Mas não comeu nada o dia todo, e eu a ouvi chorar.

Blake subiu os degraus de dois em dois e foi para o quarto. A porta se abriu imediatamente, e ele ouviu Samantha no banheiro. Seus soluços eram como uma lâmina no peito de Blake. Quando a ouviu praguejar, achou melhor evitar plateia.

— Pode deixar comigo — disse a Mary.

Fechando a porta atrás de si, Blake foi até a entrada do banheiro e encontrou Samantha sentada no chão, encostada na banheira, com a cabeça enterrada entre os joelhos.

Ele foi até ela.

— Samantha?

Quando ela ergueu os olhos encharcados de lágrimas para encontrar os dele, alguma coisa dentro de Blake pareceu se rasgar. O que poderia ter acontecido de tão horrível? Apesar de toda a conversa sobre mulheres serem criaturas emocionais, ele não tinha visto isso na mulher à sua frente até o momento. O lábio dela tremia, e uma nova onda de lágrimas começou a rolar.

— Querida, o que aconteceu? — Ele a puxou para os seus braços, mas ela resistiu ao toque.

— E-Eles n-não f-funcionaram — disse ela.

— O que não funcionou? — Ele se ajoelhou e pôs as mãos nos ombros de Sam, para evitar que ela se afastasse.

Samantha pegou uma caixa a seus pés e a balançou na frente dele.

— Isso aqui.

Ele demorou alguns segundos para reconhecer aquilo. Embalagens de preservativos estavam jogadas por todo o banheiro, como se Samantha tivesse lutado com todas elas. Havia várias caixas no balcão e outras na banheira.

— Não entendo o que você quer dizer.

Samantha pegou outra caixa e a jogou no cesto de lixo.

— Eles não funcionaram! — gritou. Pegou outro pacote e jogou em direção ao lixo, mas errou.

Não funcionaram? Do que ela está falando?

Ela enterrou a cabeça entre os joelhos de novo.

— Eu estou grávida.

Meu Deus. Cada nervo do corpo de Blake se eletrizou. Ele se preparou para... não sabia para quê. O temor não surgiu. Tristeza? Não, também não. Choque? Sim; definitivamente, ele estava em choque. A última coisa que esperava encontrar em casa, depois de uma consulta com seu advogado para discutir a necessidade de um herdeiro, era sua esposa temporária declarando que teria um filho dele. Levaria um tempo para desaparecer a incredulidade ao saber que a mulher trêmula sentada no chão de seu banheiro estava carregando um filho seu.

Caramba, não era de admirar que Samantha estivesse tão transtornada.

Blake a abraçou. Ela quase rastejou para o colo dele.

— Tudo bem — ele arrulhou no ouvido de Sam.

Os soluços dela eram tão altos, tão dolorosos, que ele sentiu uma culpa imensa, que só o homem que a colocara nessa posição poderia sentir.

— Vai ficar tudo bem. — Ficaria mesmo. De alguma maneira. De alguma forma. — *Shhh.*

— Eu não q-queria que i-isso a-acontecesse — ela murmurou, em meio aos soluços.

— Eu sei.

Ele sabia. Sem dúvida, ele sabia que Samantha nunca teria planejado isso.

Vanessa? Sem dúvida! Se não por outra razão, para ser duquesa.

Jacqueline? Provavelmente não. Ela não tinha o dom da maternidade.

Samantha? De jeito nenhum. Sua esposa era verdadeira demais para fazer joguinhos, verdadeira demais para esse tipo de farsa. Pelo menos com ele. Honestidade era a palavra-chave, afinal.

Blake pegou Samantha no colo para levá-la longe daquela guerra contra os preservativos. Senhor, como é que ele tinha tantas caixas dessas malditas coisas, afinal? Ah, sim... Vanessa havia jurado que era alérgica a qualquer outra marca que não a que ele via agora espalhada por todo o chão do banheiro.

153

No quarto, ele manteve Samantha no colo e se arrastou para a superfície macia da cama. Os soluços perturbadores de Sam foram se reduzindo a choramingos, e ele a sentiu relaxar contra seu peito, por fim sucumbindo ao sono tão necessário. Durante todo o tempo que Blake a segurou, acariciou seus cabelos, disse que estava ali com ela e que tudo daria certo.

Ele faria dar certo.

⌁∾⧜⌁

Durante a noite, Samantha acordou algumas vezes, sempre com o peso do braço de Blake em sua cintura ou os dedos dele acariciando sua pele. O sono exausto deu lugar à manhã de olhos embaçados e uma dor de cabeça de matar. Somando a isso sua típica falta de apetite e o absoluto constrangimento por Blake tê-la encontrado chorando no chão do banheiro, cercada de caixas de preservativos inúteis, Samantha achava que as coisas não poderiam piorar.

Mas, então, ela se lembrou da gravidez. E pioraram.

Sua bexiga a forçou a sair dos braços de Blake e da cama quentinha. Ele não se mexeu quando ela se levantou e entrou no banheiro.

Em algum momento da noite, Blake devia ter arrumado a bagunça que ela fizera. As caixas haviam desaparecido, ou estavam escondidas. *Ótimo*, pensou. Ela não queria ver outra camisinha enquanto vivesse.

No espelho, notou os círculos escuros sob os olhos e as manchas de maquiagem no rosto. Seu cabelo estava embaraçado, e ela não tinha conseguido vestir uma camisola antes de cair na cama.

Ela estava um caco.

Afastando-se de seu reflexo, Samantha tomou um banho quente e demorado. Quando seus pensamentos mudavam para o que aconteceria agora entre ela e Blake, ela os forçava para longe.

Nada mais de suposições. Ela enfrentaria cada reviravolta no relacionamento com ele e faria seu melhor para controlar suas emoções. Essa gravidez não era algo que algum dos dois quisesse, mas estava ali. Sam sabia que não poderia dar a criança para adoção ou, pior, interromper a gravidez. Ela era uma adulta responsável, não uma adolescente sem opções.

A dor havia recuado para a parte de trás da cabeça quando ela saiu do chuveiro. Um pouco de creme no rosto, um pouco de gel sob os olhos e já se sentia quase humana. Quando Sam saiu do banheiro vestindo um roupão macio, esperava encontrar Blake ainda dormindo.

Mas ele estava bem acordado.

Com a roupa amassada com que havia dormido, ele estava de pé ao lado de uma pequena bandeja que buscara na cozinha. Samantha viu café, leite e suco ao lado de dois pratos com biscoitos, torradas e ovos cozidos.

— O que é isso?

Blake a pegou pelo cotovelo e a incitou a se sentar. Ele tinha um sorriso sereno no rosto quando se sentou diante dela.

— No primeiro trimestre, as grávidas costumam começar o dia com comida leve, para não enjoar.

Os fatos que Samantha havia aprendido da maneira mais difícil, ele relatava como se estivesse lendo em um livro.

— E onde você aprendeu isso?

— Ontem à noite, depois que você dormiu, usei o smartphone para algo diferente de procurar os últimos indicadores do mercado. Trouxe café descafeinado, mas os artigos que li diziam que provavelmente você não vai querer. — Ele empurrou um copo de leite na direção dela. — Já o leite é essencial para você e para o bebê.

Ao ouvir a palavra "bebê", Samantha sentiu as lágrimas arderem em seus olhos de novo. Até então, ela encarava o que estava acontecendo como uma gravidez, um evento que mudava tudo.

— Que fofo.

— Esse sou eu, o sr. Fofo.

— Blake — começou ela.

— Espera. — Ele pegou a mão dela e se inclinou para perto. — Temos muito o que conversar, mas agora vamos dar um tempo. Você precisa comer, e eu preciso de um banho. — Com o polegar, ele acariciava a parte interna do pulso dela enquanto falava.

— Mas...

Ele colocou um dedo sobre seus lábios.

— *Shhh...*

Samantha assentiu, concordando em deixar a conversa pendente. Blake sorriu e se levantou. Mas, antes de sair do quarto, levou os lábios aos dela e lhe deu um beijo doce.

Talvez tudo acabasse dando certo.

Uma hora depois, os dois estavam sentados em espreguiçadeiras na varanda dos fundos, com vista para o oceano. Blake estava de bermuda e uma blusa simples de algodão que se esticava sobre seu peito firme. A massa de ar frio estava longe da costa, dando ao sol a oportunidade de brilhar, e, à temperatura, a de ultrapassar os vinte e dois graus.

Samantha tinha de admitir que a ideia de Blake sobre o café da manhã havia feito maravilhas, exceto pelo café. Ela o trocara por um chá de ervas que agora sorvia de uma caneca quente.

Desde que haviam saído do quarto, não disseram uma palavra sobre o bebê. Mas agora o silêncio se estendia entre eles, tão vasto quanto o oceano.

— E então? — disse Blake.

— Então... — Samantha respondeu. Um sorriso nervoso surgiu em seus lábios. Ela retorceu as mãos no colo e disse: — Eu não queria que isso acontecesse.

Era a única coisa que ela precisava que Blake entendesse. A razão pela qual ele a havia contratado para lhe arranjar uma esposa temporária era evitar ter uma mulher permanentemente em sua vida. E ela fora e fizera exatamente isso. Mesmo que acabassem o casamento depois de um ano, haveria uma criança entre eles para sempre. Permanentemente.

— Você já disse isso.

— Eu preciso que você acredite em mim.

— Olhe para mim, Samantha.

Ela hesitou antes de levar os olhos aos dele. Encontrou um olhar suave e um sorriso fácil. O mesmo de quando ela saíra do chuveiro.

— Eu nunca pensei, nem por um segundo, que você tivesse planejado, desejado ou esperado carregar um filho meu.

Ela deixou escapar um suspiro profundo. Estendeu os dedos sobre as coxas e se livrou de parte da tensão.

— Ótimo. Que bom.

Olhando de novo para o oceano, Blake disse:

— Fazia tempo que você suspeitava de que estava grávida?

Samantha balançou a cabeça.

— Não. Eu não fazia ideia.

Ela contou sobre a consulta com a médica, sobre como havia descoberto a gravidez.

— E a médica disse que há dois por cento de chance de o preservativo falhar?

— Sim. Eu achava que a estatística servia para adolescentes descuidados, não para adultos inteligentes.

Eles refletiram sobre isso durante alguns minutos. Dessa vez, o silêncio era confortável, e não uma pedra no caminho.

Quando Samantha tornou a olhar para Blake, o rosto dele havia assumido uma expressão dolorosa.

— Em que está pensando? — ela perguntou.

Ele balançou a cabeça.

— Estou tentando encontrar uma maneira de te perguntar uma coisa.

— Pode perguntar.

— E se você me der uma resposta que eu não quero ouvir?

Uau. A sinceridade dele a fazia se sentir pequena. Por um breve momento, Blake lhe pareceu um homem vulnerável à dor, como qualquer outra pessoa. Em vez de isso o fazer parecer menor, tornava-o ainda mais digno de ser amado.

Ela engoliu em seco com esse pensamento. De onde saíra isso? Droga, essa coisa de gravidez já estava se infiltrando em suas emoções e a deixando meio maluca.

— Se quiser uma resposta, vai ter que arriscar a pergunta. Pode contar com a minha sinceridade.

Os olhos cinza de Blake encontraram os dela.

— Você quer ficar com o bebê?

O coração de Sam deu um pulo no peito.

— Você quer que eu desista, que eu faça um aborto? — Ela sentiu suas entranhas se retorcerem. Não conseguia ler a expressão de Blake e não sabia o que ele estava pensando. Ele só havia perguntado para descobrir o que ela desejava, ou queria interromper a gravidez e continuar como estavam?

— Vou responder à sua pergunta depois que você responder à minha.

Era justo.

— Eu nunca considerei nenhuma outra opção a não ser ter o bebê.

Blake relaxou os ombros. De alívio ou de decepção?

— Blake?

Ele sorriu.

— Fico feliz de ouvir isso.

— Sério?

— Sim. Eu sei que tudo aconteceu muito rápido. Não está sendo como pensamos que seria, mas...

— Mas?

Blake se levantou da espreguiçadeira e começou a andar de um lado para o outro.

— Eu vejo a coisa assim: nós não somos mais crianças. Dez anos atrás, meu pensamento teria sido diferente; o seu também, eu acho. — Ele esperou que ela assentisse antes de continuar. — Quando duas pessoas, que não são mais crianças, têm uma gravidez nas mãos, vão em frente e têm o bebê. A vantagem é que nós já somos casados.

Meu Deus. Ele está pensando no futuro.

— Mas nós não planejávamos continuar casados.

Ele parou de andar e foi se sentar na beirada da cadeira dela.

— Eu sei. E talvez a gente não continue. Mas eu acho que um bebê muda as coisas. Não, eu *sei* que um bebê muda as coisas. E, até nós dois sabermos exatamente o que queremos, sugiro avançarmos devagar.

— Como assim?

— Eu gosto de como estamos, Samantha. Gosto de voltar para casa e ter você aqui. Até que um de nós queira mudar isso, sugiro continuar assim. — Ele procurou o olhar dela.

— E depois que o ano acabar? Depois que o bebê nascer?

— A questão do ano não precisa mudar.

Ela sabia disso, mas ouvi-lo dizer em voz alta foi um balde de água fria.

— Não era o que você queria ouvir... — ele disse ao ver a reação de Samantha.

— Não, tudo bem, é o nosso acordo.

Ele deslizou a mão pela panturrilha dela e a descansou no joelho.

— Você quer mais de um ano?

— No momento, não sei o que eu quero. Acabei de descobrir que estou grávida, vou ser mãe para sempre. Essa é a única certeza que eu tenho. Todo o resto é um grande ponto de interrogação.

— Vou lhe dar mais uma certeza, então — disse ele, dando-lhe um tapinha no joelho. — Vou ser o pai dessa criança. Não vou abandonar você nem o nosso bebê. Eu lhe dou a minha palavra.

Ela sabia disso. Blake não seria um pai negligente.

— Posso te perguntar uma coisa? — disse ela. Samantha sabia que o faria se expor com sua pergunta, mas precisava saber o que ele pensava a respeito.

— Claro.

— E você, quer mais de um ano?

Ele fez uma pausa e respirou fundo.

— Acho que devemos ao nosso filho dar um ao outro a opção de mais tempo.

— Ficar casados por causa do bebê? Isso não é coisa de novela ruim?

Ele não respondeu. Em vez disso, perguntou:

— Você gosta de estar aqui comigo?

Que pergunta idiota. Claro que sim.

— É, não é tão ruim.

Ele riu.

— Então vamos deixar de lado os prazos e contratos, a não ser que fique uma merda.

— Podemos fazer isso?

— Querida, podemos fazer o que quisermos.

Então ela riu. Uma risada de verdade, que não surgia desde que ela havia descoberto sobre a gravidez.

— Até que fique uma merda, então. Bom, acho que enjoar de manhã é uma merda.

Foi a vez dele de rir, aproximando-se dela.

— Isso não conta. Eu ouvi dizer que o parto também é uma merda.

— É, mas isso também não conta. Eu vou engordar, isso sim é uma merda.

Blake avançou a mão pela coxa dela, passando pelo quadril, e a descansou na barriga ainda lisa.

— Aposto que você vai ficar linda com a barriga de grávida.

— Sei. Você diz isso agora. Mas vai achar uma merda depois, tenho certeza.

Blake deslizou a mão quente pela cintura dela, até as costelas. Quando chegou à base do seio, passou o polegar sobre o mamilo coberto pela roupa.

— Eles vão aumentar. Isso não vai ser uma merda — disse ele com a voz rouca.

Samantha mordeu o lábio.

— Ouvi dizer que vão ficar doloridos, e você não vai poder tocar. Isso é uma merda.

Ele se inclinou para a frente, deixando o calor de sua respiração cobrir os lábios dela.

— Eu posso lidar com todas essas merdas, se você puder.

— Isso é um desafio?

Os olhos de Blake brilharam de malícia.

— Talvez.

— É uma merda o fato de você saber como me provocar — disse ela.

Ele manteve os lábios sobre os dela, sem tocá-los, bem pertinho.

— Eu já estou uma merda? — perguntou.

— Eu aguento.

O leve roçar dos lábios de Blake sobre os dela não foi suficiente. Samantha se inclinou, querendo mais. Mas ele se afastou um pouco.

— Estou feliz que vamos ter um filho juntos — confessou. — Você vai ser uma mãe maravilhosa.

— Você não sabe disso.

— Sei, sim.

Ele a beijou, de verdade, fazendo estrelas brilharem tanto na cabeça de Sam que ela esqueceu que não estavam na intimidade do quarto deles.

Nos braços de Blake, enquanto ele mordiscava e beijava seus lábios, seu pescoço, seu queixo, o mundo não era uma merda.

O ENJOO MATINAL PIOROU, EM vez de melhorar. E isso era uma merda! Todos os dias, Blake concordava que os enjoos eram uma merda, mas ajudava Sam a passar por isso, até ela melhorar. Eles concordaram em manter a gravidez em segredo durante o primeiro trimestre, especialmente por causa do risco de complicações e aborto espontâneo. O médico havia assegurado a ambos que após o segundo mês não teriam com que se preocupar, mas eles esperariam para contar, de qualquer maneira.

Samantha não revelara nada nem mesmo a Eliza, o que não foi fácil. Mas pensava que era melhor manter sua amiga na ignorância para evitar que a notícia vazasse sem querer.

Fiel a sua palavra, Blake ficou ao lado dela. Havia momentos em que ele precisava ir para a Europa, mas as viagens eram curtas, três dias no máximo. Era uma merda quando ele partia, mas maravilhoso quando voltava para casa.

Os dias foram se passando em um fluxo contínuo, e as noites eram sempre memoráveis nos braços de Blake. Então, como o médico havia previsto, a fadinha do enjoo matinal parou de visitar Sam diariamente.

Blake chegou em casa depois de um dia no escritório enquanto Samantha se ocupava em retirar móveis e tapeçarias do quarto em frente ao deles, do outro lado do corredor. Ela estava levantando um criado-mudo ao lado da cama quando ouviu a voz alarmada de Blake na porta:

— O que é que você está fazendo?

Sam deixou cair o criado-mudo, que quase acertou seu dedão do pé.

— Você me assustou! — disse.

Blake foi até ela com as mãos na cintura.

— Você não pode carregar peso. — Ele olhou ao redor do quarto. — Você tirou tudo daqui?

Só o que restava eram a cômoda, a cama e os criados-mudos.

— Tirei, e daí? Nós conversamos sobre montar o quarto do bebê aqui — ela sussurrou, com cuidado para que sua voz não chegasse até Louisa, que estava arrumando o quarto deles.

— Isso não está certo — ele disse em voz baixa. Então gritou: — Louisa, Mary!

— O que você está fazendo? — ela perguntou.

Louisa foi até o quarto correndo, de olhos arregalados.

— Está tudo bem?

— Vá chamar o Neil — ordenou Blake.

Samantha segurou o braço dele, confusa e alarmada. Mesmo ela tendo insistido para saber qual era o problema, ele esperou até que Louisa, Mary e Neil estivessem ali para só então abrir a boca.

E, quando ele falou, Sam ficou em choque.

— A Samantha está grávida.

Ela ficou de queixo caído. Eles haviam combinado que não diriam nada a ninguém até a próxima consulta médica. Mas, em poucos segundos, Sam entendeu as motivações de Blake.

— Eu sabia — disse Louisa, olhando para Mary, que deu de ombros e abriu um sorriso maternal.

— Claro que está.

— Vocês sabiam? — perguntou Samantha.

— Minha querida, nós moramos aqui. É claro que sabíamos.

Blake desviou o olhar para Neil.

— Não olhe para mim. Eu não sabia de nada.

— Se vocês sabiam que a Samantha estava grávida, por que deixaram que ela carregasse todos esses móveis sozinha?

Neil olhou ao redor do ambiente.

— Ela não quis nossa ajuda.

— Eu não precisava de ajuda — Samantha se defendeu, e aos empregados também. — Qual é o problema?

163

Neil deu um passo à frente.

— Grávidas não devem levantar peso.

Blake sorriu e deu alguns tapinhas nas costas do homem.

— Ainda bem que mais alguém entende.

— É isso? Vocês acham que eu não sou capaz de esvaziar este quarto sozinha? — Ah, agora ela estava ficando fula da vida. Que coisa mais machista...

— De agora em diante, não quero que a Samantha carregue nada além de um prato de comida ou uma sacola de compras. E, se a sacola de compras estiver pesada, nem isso. — Blake não estava falando com ela, mas com os empregados.

— Ei, espere aí...

Mary recuou e fez um sinal para Louisa.

— Acho que está na hora da gente ir.

— O Blake está certo — Neil expressou sua opinião. — Me deixe ajudar com essas coisas. Não tem necessidade de você se machucar ou prejudicar o bebê.

Samantha estendeu o braço quando Neil passou ao lado deles para pegar o criado-mudo com o qual ela estivera lutando.

— Espera. Eu estou grávida, não inválida. O médico não disse nada sobre restrição alguma.

— Neil — disse Mary, severa. — Acho melhor deixarmos a Samantha e o Blake resolverem isso sem a nossa ajuda.

Os três se afastaram em silêncio, e Samantha segurou a língua, controlando a raiva, enquanto Blake endurecia a mandíbula com determinação.

— Achei que tínhamos concordado em não contar a ninguém ainda sobre o bebê — disse ela.

Ele olhou ao redor do quarto.

— Pois eu acho que foi um erro. Caramba, Samantha, você poderia ter se machucado carregando essas coisas.

— São só coisas.

— Coisas pesadas, que você não deveria carregar.

— Ah, por favor...

Blake levantou a mão, silenciando seu protesto.

— E se você tivesse erguido esse criado-mudo — ele chutou a madeira a seus pés — e começasse a ter dor?

Ela se surpreendeu ao sentir um arrepio de preocupação.

— Isso provavelmente não iria acontecer.

— E se acontecesse?

Samantha passou os olhos pelo quarto, só então notando o tamanho da cama queen size e o peso da cômoda volumosa que ela estava determinada a tirar dali antes que Blake a interrompesse.

Talvez ele tivesse razão.

— Eu posso carregar sacolas de compras — ela disse baixinho.

Blake a puxou para seus braços. Suas mãos estavam frias, esfregando as costas de Samantha, e ela pôde ouvir os rápidos batimentos cardíacos em seu peito. Ele estava preocupado, realmente aflito com o que ela havia feito. Seu lado emocional suspirou de contentamento por ele se importar com ela, enquanto seu lado independente agitava o punho no ar.

— Por favor, prometa que vai pedir ajuda daqui para a frente.

Ela não costumava prometer nada, a menos que pudesse cumprir, de modo que não teve pressa de dizer as palavras que ele queria ouvir de seus lábios.

Blake se afastou um pouco e aninhou o rosto dela entre as mãos.

— Prometa.

— Eu estava me sentindo tão bem hoje... Acho que o enjoo matinal acabou.

— Prometa. — Blake não desistiria.

— Tá, tudo bem. Eu não vou mais carregar peso. Satisfeito? — As palavras saíram um pouco mais duras do que ela pretendia, mas Blake não pareceu se importar. Seu sorriso chegou até os olhos.

— Promete?

— Prometo! — Ela empurrou o peito dele. — Nossa, você sempre consegue as coisas do seu jeito?

Assentindo, Blake disse:

— Eu prometo carregar qualquer coisa que você quiser. Você não vai precisar insistir para eu fazer nada.

— Muito bem, espertinho, então feche a matraca e arregace as mangas. Quero este quarto vazio para eu poder pintar as paredes.

Blake levantou os olhos e franziu o cenho.

— Cheiro de tinta? — perguntou.

Ela já sabia que teria de prometer mais coisas antes do cair da noite.

No fim, ela prometeu deixar o trabalho pesado para Blake e quem quer que ele contratasse para ajudá-lo. Caberia a Samantha ditar as mudanças que julgasse necessárias e gastar o que fosse preciso para realizá-las.

⚬~∞~⚬

Em vez de anunciar o herdeiro aos advogados de seu pai por escrito, Blake optou por algo muito maior. Assim que Samantha passou a se sentir bem para viajar, planejaram a visita a sua casa ancestral para contar a novidade a toda a família.

O jantar vibrava de excitação, até que Blake por fim silenciou a todos e pegou a mão de Samantha.

— Acho que, a esta altura, a maioria de vocês já adivinhou por que chamamos todos aqui esta noite — começou.

— Você sabe como eu adoro suposições — disse sua mãe do outro lado da mesa.

As pessoas ao redor riram e aguardaram as próximas palavras de Blake.

— A Samantha e eu estamos esperando um filho para o fim de janeiro.

— Eu sabia! — disse Gwen, levantando-se e contornando a mesa para abraçar a cunhada e o irmão.

Ergueu-se um coro de congratulações. Se alguém na sala questionou quando Samantha engravidara, ninguém disse uma palavra.

Howard olhou para Blake do outro lado da mesa, os lábios apertados. Blake culpava o pai pela tensão em seu relacionamento com o primo. Se o homem não o houvesse nomeado como segundo no testamento, talvez Blake e Howard pudessem ser mais próximos. Infelizmente, não era esse o caso. Paul, o tio, se inclinou para a frente e sussurrou algo para o filho, e Blake voltou a atenção a sua esposa.

Samantha irradiava orgulho e o brilho especial a que muitas pessoas se referiam quando falavam de grávidas. Ela usava um vestido leve de mangas curtas com um cinto na cintura ainda fina. Ele havia notado nela o inchaço nos seios, que respondiam com mais sensibilidade quando faziam amor. A cada dia ele acordava para uma nova surpresa. Na última consulta médica antes da viagem transoceânica, tinham ouvido as batidinhas vibrantes do coração de seu filho. Lágrimas brotaram nos olhos de Samantha, e Blake sentira a garganta se apertar dolorosamente. Surgiu um apego instantâneo à criança ainda não nascida, mais forte que qualquer coisa em sua vida. Bem, quase qualquer coisa, ele pensou.

O olhar de Blake recaiu em sua esposa em meio ao mar de gente que a puxava para um abraço. O reconhecimento do amor por seu filho colidiu com outra realidade.

Seu amor por Samantha.

Em vez de fugir das emoções potencialmente devastadoras, Blake as segurava perto do peito, como se fossem uma boa mão num jogo de pôquer. Teria muito tempo para decifrar os sentimentos de Samantha antes de se abrir. Blake não costumava dar nenhuma cartada enquanto não soubesse que ganharia o jogo.

Mark Parker puxou Blake num canto por alguns momentos, antes de ir embora da festa, no fim da noite.

— Vejo que você atendeu a todas as exigências do seu pai.

Dito dessa forma, Blake sentiu uma sombra de peso na consciência. Embora ele não tivesse feito nada reprovável para atingir o objetivo final, o fato de nunca ter contado a Samantha sobre a necessidade de um herdeiro pesava sobre ele.

— É o que parece — disse Blake.

Mark estendeu a mão para ele.

— Depois que o seu filho nascer, assinamos os papéis. Parabéns mais uma vez.

— Obrigado.

Enquanto observava o advogado ir embora, Blake sentiu os olhos de alguém em suas costas. Quando virou, encontrou Samantha parada no corredor.

167

— É o advogado do seu pai, certo?

Blake anuiu brevemente.

— Eles eram amigos íntimos.

Samantha foi até ele, colocou a mão em sua cintura e se inclinou em sua direção.

— Acho que ele não precisa duvidar das suas intenções agora — disse, dirigindo o olhar para a porta.

— Receio que ele vá duvidar até o nosso bebê nascer.

Samantha apoiou a cabeça no ombro de Blake e abafou um bocejo com as costas da mão.

— Você está cansada — ele comentou. — Vamos deitar.

— Mas ainda tem muitas pessoas aqui por nossa causa.

— Elas vão ter que ficar sem a nossa presença.

Quando Samantha não ofereceu mais resistência, ele entendeu a extensão de seu cansaço e a levou para a cama.

<hr />

Blake e Samantha pararam em Nova York por alguns dias no caminho de volta à Califórnia. Enquanto ele se encontrava com seu advogado, ela enfrentava o calor sufocante de Manhattan e fazia compras completamente desnecessárias.

Embora tentasse se concentrar em roupas de gestante, as seções de bebê das lojas de departamentos a atraíam de forma inesperada. Talvez fosse porque, agora, todo mundo que precisava saber que ela estava grávida já sabia, mas Sam tinha a estranha vontade de comprar um item de cada artigo.

Não saber o sexo do bebê fazia com que algumas coisas fossem mais difíceis de comprar, mas uma roupinha verde aqui, outra amarela ali funcionou. Ela encontrou uma mantinha branca feita à mão para enrolar o bebê quando voltassem da maternidade. Com várias sacolas nas mãos, Samantha andava entre meias pequenininhas e bichinhos de pelúcia quando sentiu alguém bater em seu ombro. Ela desviou o olhar do chocalho musical que estava observando e virou para ver quem queria sua atenção.

A Víbora estava diante dela, toda loira e bombástica.

— Por que será que eu não estou surpresa de te encontrar aqui? — disse Vanessa, sibilando entre os lábios rosados.

Samantha não se importava com o que aquela mulher pensasse, e certamente não queria papo com ela. Quais eram as chances de encontrá-la acidentalmente em uma cidade do tamanho de Nova York, afinal? Sam sabia que ela tinha um apartamento lá, mas quais eram as probabilidades?

— Vanessa.

A mulher apontou o chocalho de elefante que Samantha segurava.

— Que gracinha. Então, para quando é o seu pacotinho de alegria?

— Não é da sua conta. — Samantha largou o brinquedo e deu meia-volta para ir embora.

— Me deixe adivinhar — disse Vanessa, bloqueando o caminho de Samantha, encurralando-a entre uma estante cheia de parafernália para bebês e uma cobra venenosa. — Antes do aniversário do Blake?

Suposição fácil. Não que isso importasse.

— Você é tão invejosa, Vanessa... Ficou tão irritada assim porque o Blake não casou com você?

Vanessa jogou a cabeça para trás, rindo.

— Ah, por favor. Aquele canalha manipulador? É mais fácil enxergar a verdadeira natureza dele quando não se está por perto. É uma pena que você não tenha notado antes. — Ela deixou a voz desaparecer quando seus olhos se fixaram na barriga de Samantha.

Sam colocou a mão ali, como se protegesse seu filho do olhar daquela mulher.

— O Blake é uma das pessoas mais carinhosas que eu já conheci — respondeu.

— O Blake só se importa com ele mesmo. O que eu me pergunto é se ele pediu para você ter um filho com ele, ou se "esqueceu" de usar preservativo uma noite qualquer — disse Vanessa, fazendo sinal de aspas no ar.

A conversa estava ficando bizarra.

— Eu não tenho tempo para você, Vanessa. Se me der licença...

169

Samantha se afastou, mas a mulher a segurou pelo braço.

— Meu Deus, você realmente não faz ideia, não é?

Sam puxou o braço, mas ela não a soltou. Uma estranha onda de pânico a atingiu, algo que devia ser bem parecido com a sensação de um cão antes de um terremoto. Tudo em Samantha ficou em silêncio.

— Você sabe que o Blake precisa de um herdeiro para receber a herança, não é?

O quê?

O sorriso de Vanessa se abriu ainda mais, e ela baixou o braço.

— Pobre garota... Como será que ele fez isso? Escondeu suas pílulas? Ou furou os preservativos?

A mandíbula de Sam se retesou. Ela tentou se controlar tanto que sentiu os músculos do pescoço prestes a explodir. De que raios Vanessa estava falando?

Mas então as palavras de Parker voltaram à sua mente: *Vejo que você atendeu a todas as exigências do seu pai.* Samantha não daria esse gostinho a Vanessa, portanto virou e saiu da loja.

O intenso calor de Nova York fazia seus cabelos grudarem na nuca enquanto ela se afastava da Víbora.

O Blake precisa de um herdeiro para receber a herança. As palavras ecoavam em seu cérebro. Será que era verdade? Se fosse, fazia sentido que Blake tivesse recebido a notícia com tanta calma. Um filho era a única coisa que Samantha achava que ele não queria naquele casamento temporário. Não era de admirar que ele não tivesse pirado quando ela anunciara a gravidez. Ele nem sequer se alterara. Será que não ficou nem um pouco surpreso com a notícia?

Não... ela achava que não, agora que pensava nisso.

Ele não precisava lhe fazer mais promessas por causa do bebê. Não de fato.

Blake já prometera ser um bom pai e cuidar do bebê, de qualquer maneira.

Recusando-se a deixar que a emoção embotasse completamente seu julgamento, Samantha chamou um táxi e se dirigiu ao apartamento de Blake na cidade. Ela já havia estado lá duas vezes, na ida e na volta da última viagem à Inglaterra. Passava um pouco do meio-dia quando ela entrou no ar fresco do edifício seguro. Ainda de óculos escuros, Samantha acenou para o porteiro e foi até os elevadores, evitando conversas. Ao contrário da casa de Malibu, ali ela não precisaria encarar nenhuma empregada nem cozinheira.

Samantha jogou as sacolas no sofá e ligou o notebook no quarto extra, que Blake usava como escritório. Precisava descobrir alguns fatos antes de confrontá-lo sobre as alegações de Vanessa.

A taxa de gravidez com o uso de preservativos a incomodara desde o início. Homens responsáveis como Blake haviam usado preservativos durante toda a vida adulta e conseguido evitar o título de pai. Então, o que havia mudado? Por que com ela?

Enquanto seus dedos voavam pelo teclado, ela abriu vários sites de saúde e bem-estar que falavam sobre preservativos, seu uso e eficácia. Estava perdendo a esperança de encontrar alguma coisa útil quando viu um link intitulado "Por que os preservativos falham?".

O site estava cheio de informações conhecidas, inclusive sobre preservativos estourados. Mas isso não havia acontecido — não que Samantha tivesse notado, pelo menos. Havia entrevistas com mulheres que acabaram na categoria dos dois por cento. Em vários casos, elas confessavam uso impróprio, rasgos e camisinhas fora do prazo de validade.

Mesmo assim, ela e Blake transaram por apenas um mês antes de ela engravidar. Era como se eles não tivessem usado nenhuma proteção. E, mesmo no calor do desejo, eles haviam sido responsáveis.

Como um homem poderia assegurar a gravidez de uma mulher?

Samantha saiu do escritório e entrou no quarto. Eles tinham transado ali antes de irem para a Inglaterra, de modo que era óbvio que o preservativo que usaram havia sido retirado da caixa no criado-mudo.

A qual ainda estava lá.

Samantha procurou a data de vencimento; ainda faltavam vários meses. A caixa estava quase vazia. Ela a levou ao banheiro e puxou uma das embalagens metalizadas. Com cuidado para não danificar a camisinha, abriu o pacote e retirou o conteúdo. Não parecia danificado.

Instintivamente, encaixou a borda da camisinha na torneira da pia e a abriu. No começo, nada aconteceu. Mas, quando ela fechou a torneira e observou a ponta do preservativo, percebeu uma gotinha vazando.

O coração de Samantha afundou dentro do peito enquanto ela observava o gotejamento constante, um pingo após o outro vazando do preservativo.

Seus lábios e suas mãos começaram a tremer. Largou o látex na pia e pegou outro. Aconteceu a mesma coisa.

Incapaz de acreditar no que seus olhos viam ou no que sua mente gritava, Samantha tirou um terceiro preservativo da caixa e voltou ao quarto. Apagou as luzes do teto, colocou o pacote metalizado sobre a lâmpada da luminária e a ligou.

Um feixe minúsculo de luz irradiou através da embalagem, como um farol.

Com toda aquela conversa sobre honestidade, todo aquele papo sobre serem abertos, Blake havia conseguido o seu herdeiro e a manipulara, fazendo-a pensar que não tinha passado de um acidente.

Tudo gritava dentro de Samantha. Como ela pôde ter sido tão ingênua? Tão crédula? Lágrimas corriam por seu rosto enquanto ela recolhia os preservativos abertos e os escondia no fundo da lata de lixo, para que não fossem notados.

Guardou um preservativo na bolsa e deixou dois na caixa ao lado da cama.

Não havia nada que Samantha odiasse mais do que ser usada como um peão para satisfazer as necessidades de outra pessoa.

Como o homem por quem ela se apaixonara podia ter feito isso? E como ela sobreviveria sem ele?

⁓✺⁓

— A Samantha está grávida — Blake contou a Jeff na privacidade do escritório do advogado.

— Então, dessa vez os tabloides falaram a verdade. — Jeff sacudiu um jornal debaixo do nariz e o jogou sobre a mesa.

Blake não tinha visto a cobertura da mídia, mas deu uma olhada na manchete reveladora — "De duque a pai" — no topo da página.

— Achei que você devia ouvir a notícia de mim em vez de fazer suposições. As coisas devem correr bem depois do meu aniversário no próximo ano.

— Vou pedir ao Parker que envie os documentos necessários na semana do seu aniversário, e estará tudo resolvido poucas semanas depois. — Jeff se recostou e sorriu, dizendo: — Eu não acredito que você conseguiu.

— Consegui o quê? — Blake apoiou o tornozelo sobre o joelho enquanto conversavam.

— Convencer a Samantha a engravidar. Quanto você ofereceu? Mais dez milhões?

Blake se arrepiou ao ouvir as palavras de Jeff.

— Não foi assim. O destino simplesmente deu uma mãozinha.

— Sério?

— Gravidez acidental acontece o tempo todo.

— É o que dizem as mulheres que atazanam os meus clientes atrás de pensão alimentícia. Pela minha experiência, acidentes na maioria das vezes são provocados.

Blake já esperava esse comentário.

— Você esquece que sou eu quem mais se beneficia com esse bebê, mais que a Samantha. Tenho certeza que ela não fez nada questionável.

Jeff se inclinou para a frente em sua cadeira.

— Tem certeza?

— Absoluta.

Ele estendeu a mão sobre a mesa.

— Meus parabéns.

Depois de apertar a mão do homem, Blake passou a assuntos mais urgentes.

— Sobre as câmeras na casa da Samantha, encontramos alguma coisa?

Jeff abriu alguns papéis sobre a mesa e os espalhou.

— Como você sabe, a Vanessa foi confrontar a Samantha em casa, mas, quando a seguimos, não a vimos voltar lá nem entrar em contato com algum detetive particular. Nosso próprio investigador tirou algumas fotos, mas todos os homens e mulheres com quem ela esteve estão limpos. São empresários como você ou profissionais como eu.

Blake viu a imagem familiar de Vanessa, de óculos escuros e traços de porcelana, bebendo café ou falando ao telefone. Mas uma fotografia em particular o deixou em alerta: Vanessa conversando com uma mulher que ele já tinha visto, mas não conseguia lembrar onde.

— Você sabe quem é essa?

— Uma estudante de direito... ou secretária forense? — Jeff se perguntou. — Secretária, eu acho.

Blake observou o restante das fotos. Só essa lhe pareceu estranha.

— Achamos que o homem que retirou as câmeras foi pago para se livrar delas. Quando o seguimos, acabamos em uma lata de lixo. Não encontramos nada ligando Parker ou o seu primo aos Estados Unidos. É um enorme beco sem saída.

Blake achava que, a essa altura, não importava mais, mas ele ainda queria pegar quem tinha invadido a privacidade de Samantha.

— Continue trabalhando nisso.

As pessoas podiam pensar que um advogado era requisitado apenas para representações legais, mas, na vida de Blake, ajuda gerava ajuda. E Jeff conhecia pessoas que podiam ficar de olho em qualquer um e qualquer coisa.

— Pode deixar.

Blake pegou a foto de Vanessa com a secretária. Enquanto não conseguisse dar um nome à mulher na foto, continuaria tentando decifrá-la.

✦

Nada era mais impactante para saber que havia problemas à vista do que um conjunto de malas prontas ao lado da porta. Pelo menos era o que Samantha esperava.

Blake havia mentido para ela. Em vez de procurá-la com o problema para o qual provavelmente teriam encontrado uma solução, ele tinha manipulado a situação para gerar um resultado que atendesse às suas necessidades. Retornaram-lhe à mente as lembranças da prisão de seu pai, dos sentimentos que Dan provocara com sua traição.

Blake conhecia seus segredos, suas inseguranças, e os usara para alcançar seus objetivos.

Sim, os dois juntos haviam embarcado naquele pacto com o demônio. Casar para atender às exigências de um homem já morto, ficando ambos mais ricos no fim. Mas isso havia mudado à medida que a atração entre eles crescera e uma criança fora concebida.

Samantha levou a mão à barriga, que havia começado a se esticar além dos limites da calça jeans. Tinha uma taça de vinho na outra mão. Deu apenas um gole e a deixou de lado; não conseguia engolir. Por mais que quisesse ferir Blake, não poderia prejudicar seu filho.

Maldito Blake. Maldito por fazê-la se apaixonar, confiar nele e, então, por mandar tudo para o inferno.

Uma chave virou na fechadura e Samantha fixou o olhar nas malas ao lado da porta. Levantou a taça de vinho mais uma vez. Talvez devesse ter sido atriz — Blake certamente poderia ter sido um ator de sucesso.

De soslaio, ela notou a hesitação de Blake ao dar dois passos para dentro.

— Samantha?

Ela havia pensado a tarde toda no que dizer. A ideia de sair sem falar uma palavra e deixá-lo com o conhecimento de que ela simplesmente o abandonara tinha algum mérito. Mas, no fim, ela decidiu que não poderia sair sem dar a palavra final.

— Quando você ia me contar? — disse ela enquanto ele entrava na sala como se estivesse pisando em um campo minado, cheio de bombas prestes a explodir.

— Contar o quê?

— Você passou algum tempo com o seu advogado hoje. Certamente discutiram o testamento.

Blake ficou imóvel.

Samantha virou lentamente a cabeça na direção dele, mas levou um tempo considerável para nivelar os olhos aos dele. Quando o fez, notou que ele olhava da taça de vinho para seu rosto. Mesmo nesse momento, ela observou, ele pensava mais em seu filho que nela. Para

175

causar efeito, ela levou a bebida aos lábios, fingiu beber e então baixou a taça.

— O que está acontecendo, Samantha? — O olhar de Blake disparou para as malas que ela havia aprontado para poder fazer uma saída minimamente graciosa.

— Pensei que seríamos sinceros um com o outro. O que aconteceu, Blake?

— Sam, do que você está falando?

Incapaz de permanecer sentada, ela se levantou e colocou a taça de vinho sobre a mesa, quase o derramando. Para Blake, devia parecer que ela andara bebendo demais. *Muito bom*, pensou ela.

— O testamento do seu pai... o que realmente dizia? Ou você achou que eu nunca iria descobrir?

Blake arregalou os olhos e apertou os lábios. Sua expressão comunicava tudo o que ela necessitava saber.

Culpa... talvez um pouco de remorso. Mas por quê? Remorso por ter sido pego na mentira?

— Não achei que fosse importante.

— Você não achou importante eu saber que o seu pai exigiu um herdeiro?

Blake fechou os olhos, aceitando suas palavras. E isso dizia tudo.

Matando as lágrimas antes que tivessem a chance de cair, Samantha endireitou os ombros e passou ao ataque:

— A sinceridade era o que nos definia. Mas com isso você não pôde confiar em mim, não é mesmo?

Blake abriu os olhos e a observou se aproximar.

— Eu não queria te sobrecarregar com os detalhes.

Ela caiu em uma gargalhada sarcástica.

— Me sobrecarregar? Meu Deus, você realmente acredita no que está dizendo, não é? Você não é melhor que o seu pai. Diz a todos ao redor como vão ser as coisas, impõe sua vontade e todo mundo acata.

Ele estendeu a mão, mas Samantha se afastou.

— Não encoste em mim. Isso não existe mais.

— Samantha, por favor, eu sei o que parece...

— E eu sei o que é, Blake. Você mentiu para mim sobre o testamento do seu pai.

— Eu soube da segunda condição depois que já estávamos casados.

Ela sentiu o estômago se retorcer. Tanto estresse não seria bom para o bebê. Encheu os pulmões de ar e foi soltando, lentamente.

— Pode ser, mas isso não te impediu de fazer o possível para conseguir o que queria, não é?

Blake sacudiu a cabeça.

— Do que você está falando? Nós dois sabíamos dos riscos quando começamos a transar.

— Não ouse mentir para mim. Confesse, Blake. Eu tive homens melhores do que você esfregando a traição na minha cara por muito mais tempo. Talvez eu tenha deixado minhas emoções me dominarem nos últimos meses, mas não sou uma idiota completa. — Ela o esperou confessar que se rebaixara a furar preservativos para conseguir o que queria, o esperou pedir perdão.

Mas, em vez disso, recebeu um olhar vazio.

Sem mais palavras, Samantha caminhou até as malas.

— O que você está fazendo? — Blake perguntou.

— Estou indo embora. Não está vendo as malas?

— Meu Deus, Samantha, nós podemos resolver isso. Eu devia ter te contado sobre o codicilo.

— Devia mesmo. Eu teria te dado tudo, Blake. — Seu coração se partiu em mil pedaços enquanto as palavras seguintes saíam de sua boca: — Tudo o que você precisava fazer era pedir.

Samantha deu meia-volta e saiu da vida de Blake.

Ela meio que esperava que ele corresse atrás dela. Mas esse era seu lado romântico, a parte dela que acreditava significar algo para ele além da reprodutora que se tornara. Não importava se ela fosse embora; Blake ainda teria seu herdeiro.

E ela teria uma vida de arrependimentos.

13

SAMANTHA FOI EMBORA. MERDA, ELA o abandonara por causa de uma simples omissão da parte dele.

Mulheres são criaturas emocionais. Mulheres grávidas, mais que a maioria. Sam precisava de um tempo para esfriar a cabeça. Ele entendia; ela voltaria.

No entanto, conforme os minutos se transformavam em hora e uma hora em duas, Blake soube que seu erro pesava em sua esposa muito mais do que ele poderia imaginar.

Quando o telefone tocou, uma hora depois, ele pulou para atender.

— Samantha?

— É o Jeff. Desculpe, posso ligar outra hora se você estiver esperando uma ligação.

A última pessoa com quem ele precisava falar era seu advogado. Blake girou o scotch triplo malte no copo antes de virar o líquido âmbar na garganta.

— O que foi?

— Você está bem? Não parece.

— Valeu.

— Tudo bem, você não está no clima para papo-furado. Só pensei que gostaria de saber que o meu investigador viu a Vanessa pressionar a Samantha em uma loja de departamentos hoje. Segundo ele, a Vanessa parecia um pouco agressiva, e, em vez de sair com raiva, a Samantha foi embora parecendo bem chateada.

A Vanessa?

— Seu investigador ouviu a conversa?

— Não, ele não fica tão perto. Está tudo bem?

Blake teve um estalo. Fora assim que Sam descobrira sobre o testamento. Vanessa devia saber, mas como?

Então, a imagem da mulher da foto surgiu diante de seus olhos.

— Porra! A mulher...

— O quê?

— Na foto com a Vanessa. Leona. Não. Neo... Naomi. Naomi alguma coisa. Ela é secretária na Parker & Parker. — Blake bateu com a mão na testa. — A Vanessa conhece a secretária forense do Parker, Jeff.

— A sua ex conhece a mulher que é o braço direito do advogado do seu pai?

— O que significa que a Vanessa sabia sobre o testamento o tempo todo.

Não era de admirar que a mulher estivesse tão disposta a ser duquesa.

— Você acha que ela é a responsável pelas câmeras no apartamento da Samantha?

— Eu apostaria um bom dinheiro nisso.

— O que ela disse para a sua esposa?

— O suficiente para fazê-la ir embora.

Não adiantava abrandar a situação. Afinal, Jeff seria um dos primeiros a saber se houvesse problemas legais.

— Ir embora? Como assim?

— Esqueça. Eu entro em contato daqui a alguns dias. Enquanto isso, mande uma notificação ao Parker dizendo que violações de confidencialidade podem tornar nula e sem efeito qualquer coisa que saia do escritório dele.

Droga, Blake era mesmo um crápula. Não ficava muito atrás de seu falecido pai. Mesmo nesse momento, correndo o risco de perder a esposa e o filho, ele estava pensando no que aconteceria ao fim daquilo tudo.

— Pensando bem, não faça nada. Não, espere... preciso que você faça outra coisa.

Blake deu as instruções, não deixando nenhuma dúvida acerca do que queria que acontecesse.

Uma hora depois, ele estava na frente do computador. Abriu o navegador na expectativa de ver se Samantha o usara para procurar um voo para a Califórnia. Quando o histórico mostrou sites que falavam de preservativos e taxas de gravidez associadas a eles, deu um passo atrás.

Se Vanessa sabia sobre o testamento, sabia da necessidade de um herdeiro... E teria manipulado as coisas para engravidar dele, se tivesse tido tempo suficiente. Felizmente, antes disso Blake havia conhecido Sam e terminado o relacionamento com Vanessa. Tudo o que restava daquela mulher eram as caixas de preservativos que ela deixara para trás.

— Filha da puta!

Blake deu um pulo da cadeira e correu para o quarto. Só havia dois preservativos na caixa dentro da gaveta. Ele levantou um diante do olho, mas não viu nada. Então, segurou-o contra a luz.

Blake sentiu um calor bater no peito quando viu um furinho no meio.

— Meu Deus, Samantha...

Sua esposa devia ter encontrado esses preservativos e pensado o pior dele. E por que não pensaria? Ele não contara a ela que os preservativos eram da ex.

Droga! O que ela estaria pensando? Provavelmente que ele era pior que Dan, mais um homem em sua vida que a decepcionara, que mentira para conseguir o que queria. Blake queria ligar para ela, obrigá-la a ouvir o que ele tinha a dizer, mas que provas tinha, de verdade?

A imagem de Vanessa surgiu em sua mente, e ele explodiu de ódio. A raiva que ele tinha de seu pai era um passeio no parque comparada à necessidade de se vingar de sua ex-amante.

Blake pegou o telefone para pedir alguns favores. Carter tinha vários amigos na polícia de Nova York.

— Carter, eu preciso que você faça algo para mim.

⟋ ◞◟ ⟍

Vinte e quatro horas depois, Blake estava em frente ao exclusivo prédio de alto padrão, retorcendo as mãos com tanta força que Samantha ficaria orgulhosa. Não ter ido atrás dela era um tormento, mas ele não confrontaria Sam enquanto Vanessa não pagasse pelo que fizera.

O doce perfume floral que seguia Vanessa aonde quer que ela fosse golpeou seus sentidos antes que ele a visse. Seu coração se acelerou, não por causa de algum afeto ou desejo, mas por um ódio profundo. Se Vanessa arruinasse suas chances de ter um futuro com Samantha, ele encontraria uma maneira de acabar com ela — foi o que Blake prometeu a si mesmo enquanto agarrava o braço de Vanessa.

Ela se assustou, virou para ele e então relaxou, quando reconheceu o rosto por trás da mão.

— Blake? Querido, como você está?

De soslaio, ele viu Carter e um detetive entrarem no edifício, sem serem detectados pela mulher à sua frente.

— Você tem um minuto? — Ele sentiu a pele se arrepiar só de pensar em ser gentil com ela pelo tempo que os homens levariam para revistar o apartamento de Vanessa.

Ela ergueu a guarda, como se não soubesse bem o que Blake faria. O último encontro entre eles fora desagradável, mas ele não queria que ela fugisse.

— Achei que não tínhamos mais nada a dizer um ao outro — ela retrucou.

— Eu queria te agradecer pelo aviso. — A mentira saiu tão natural que até ele acreditou.

— Aviso? Que aviso?

— Sobre a Samantha não ficar satisfeita enquanto não possuísse a minha alma. Eu achei que poderia ter um casamento tranquilo e agradável, sem muita emoção ou lealdade... — Ele deixou as palavras no ar para ver o que Vanessa faria com a isca jogada.

— Ah, Blake. — Ela tirou os óculos escuros e o fitou com um beicinho, em uma expressão que refletia solidariedade. — O que aconteceu?

— Não sei bem. Eu não estava esperando essa gravidez. Nós tomamos cuidado. — Ele olhou ao redor, puxou-a para longe dos olhares curiosos e baixou a voz: — Como uma mulher pode engravidar usando preservativos? Eu não duvido que seja meu, mas...

Vanessa baixou a cabeça.

— Ah, meu Deus. Uma vez eu ouvi falar de uma mulher que furava os preservativos para engravidar. Você acha que ela faria algo tão radical?

Blake fechou os olhos, grato por seus óculos de sol ocultarem a maior parte de suas expressões. Sentia a bile borbulhar no fundo da garganta. Que vaca calculista e vingativa. Mentalmente, pediu aos homens que revistavam o apartamento de Vanessa que se apressassem. Cada segundo na companhia daquela mulher era um segundo que Blake não estava compartilhando com Samantha.

— Eu não consigo imaginar — disse ele.

— Eu devia estar com raiva de você. Afinal, você se casou com ela pouco depois de nós...

Blake suspirou.

— Eu...

Seu telefone zumbiu no bolso. Blake o pegou e leu a mensagem de Carter:

Pegamos a Vanessa!

A mentira que ele estava prestes a vomitar morreu em sua língua. Em vez disso, ele deixou a verdade sair:

— Eu amo a Samantha.

— O quê?

— Amor. Confiança. Coisas que eu nunca senti com você.

Vanessa, que estava mais perto do que ele gostaria, recuou. A cor de seu rosto desapareceu.

— Você acabou de dizer...

Blake tirou os óculos, mostrando a mandíbula apertada e os olhos afiados como adagas. Pela expressão de Vanessa, ela as sentiu afundar em suas entranhas.

— Nós chamamos você de Víbora. Sabia, Vanessa?

— O quê?

— Seu veneno já causou estragos demais. Você realmente pensou que iria escapar? A polícia está no seu apartamento agora mesmo. Eles fizeram uma busca e encontraram tudo que precisavam.

Vanessa começou a retroceder. Seus saltos agulha enroscaram no calçamento e ela quase caiu. Enquanto se endireitava, seus olhos ardiam de puro ódio.

— Eu não sei do que você está falando.

— Ah, acho que sabe, sim.

Blake notou alguém com uma roupa preto e branca se aproximar. Os olhos de Vanessa fitaram o policial e se voltaram para ele.

— Eu não fiz nada ilegal.

Ela contratara pessoas para fazer o trabalho sujo, como o homem que se fingira de técnico para plantar as câmeras no apartamento de Samantha. Tirar fotos ilícitas dele e de sua esposa era contra a lei. Ele encontraria os meios legais para fazê-la pagar.

— Vamos deixar que o tribunal decida isso.

Talvez ela não passasse anos atrás das grades, mas Blake queria que cada homem que atravessasse o caminho da Víbora soubesse que tipo de cobra ela era.

⚮

Na primeira noite de volta à Califórnia, Samantha montara uma cama de armar ao lado da cama de Jordan e fizera o possível para dormir.

Ela havia estragado tudo. Teria dinheiro para cuidar da irmã, mas, no fim, teria uma nova responsabilidade. Traria uma criança ao mundo, filha de um pai egoísta e dominador e de uma mãe mercenária. Que dupla patética formavam.

E a troco de quê?

Samantha poderia ter administrado as coisas, ter conseguido cuidar de Jordan sem os milhões de Blake. Mas o caminho mais simples era aceitar a oferta dele e facilitar sua vida.

Eliza havia posto seu namorado para fora quando o encontrara bisbilhotando os arquivos das novas clientes que ela havia conseguido para a Alliance. Isso deixara espaço no apartamento para duas mulheres ressentidas que precisavam passar o tempo discutindo os méritos — ou a falta deles — dos homens.

Ao contrário de algumas semanas antes, Samantha agora não era capaz de fazer nada além de comer, dormir, olhar para o pátio e observar as pessoas passando.

A profunda dor no peito simplesmente não cedia. A certa altura, ela pensou em ligar para o médico, achando que algo podia estar errado, mas então percebeu que ter o coração partido doía fisicamente, em um grau que ela não sentia desde a morte de sua mãe.

Três dias depois da chegada de Samantha, Eliza a deixou sozinha para se lamentar em paz.

Quando ouviu uma batida na porta da frente, Samantha só ficou olhando naquela direção. Não estava esperando ninguém, de modo que permaneceu sentada no sofá, sem se mexer. As batidas continuaram, até que ela se obrigou a levantar.

Embora ela esperasse que Blake aparecesse em algum momento, vê-lo ali, de camisa velha, calça cáqui desbotada e barba por fazer, foi um choque.

— O que você está fazendo aqui, Blake?

— Precisamos conversar.

Suas lágrimas haviam secado, e ela se recusava a causar a seu filho mais estresse do que ele já havia suportado.

— Não tenho mais nada a dizer.

Quando ela começou a fechar a porta, Blake pôs o pé no batente, detendo-a.

— Eu te amo.

A mão de Samantha pairou no ar. Ela fechou os olhos para se proteger da dor que essas palavras evocavam. Em outros tempos, ela teria se jogado nos braços dele ao ouvir a confissão, mas agora era tarde demais.

Mesmo que ele a amasse, isso não mudava nada.

— Você me ouviu?

— Por que você está fazendo isso comigo? — A dor no peito de Samantha começou a crescer. Ela não conseguia respirar, parecia sufocar com o ar entupindo seus pulmões.

— Cinco minutos, Samantha. Me dê cinco minutos. Por favor.

Ela já tinha ouvido Blake implorar por alguma coisa?

Abriu mais a porta e aceitou sua presença na sala. Ele lhe entregou um documento.

— Olhe a página três.

— O que é isso?

— Só olhe.

Samantha virou as páginas e viu uma foto da Víbora e de uma desconhecida sendo escoltadas até uma delegacia.

— O que é isso?

— A Vanessa usou uma amiga dela que trabalha no escritório do advogado do meu pai para obter arquivos confidenciais sobre o testamento.

Isso explicava por que a mulher sabia acerca do testamento e Samantha não.

— E daí?

— Eu encontrei os preservativos, Samantha. Todos eles.

Ela balançou a cabeça e lançou um olhar incerto para Blake.

— Todos eles?

— A Vanessa tentou armar para eu me casar com ela. Ela sabia que eu precisava de um herdeiro, mesmo antes de eu saber. Então inventou uma história sobre alergia a látex e me deu os preservativos. Eu não fazia ideia de que ela tinha adulterado cada um deles. Ela chegou a ponto de abrir as caixas e depois colar de volta.

Blake estava mais perto agora, estendendo as mãos para pegar as delas. Dominada pelo choque causado por suas palavras, Samantha fitava o peito dele com o olhar perdido.

— A Vanessa furou os preservativos?

— Não fui eu.

A mente de Samantha entrou em parafuso com a nova informação. Ela recuou, soltou as mãos das de Blake e sentou no sofá. A foto de Vanessa cercada pela polícia solidificava em Sam a crença de que aquela mulher era uma cobra.

— A polícia encontrou arquivos de vídeo no computador da Vanessa. Filmagens de nós dois.

A mulher era doente. Blake tivera sorte de escapar de suas garras. Mas as ações dela não justificavam as dele.

— Por que você não me contou sobre o testamento?

Blake se sentou na mesa de centro, de frente para ela. Quando as mãos dele pousaram em seus joelhos, ela deu um pulo. A mágoa brilhou no rosto de Blake, antes de ele afastar as mãos.

— No início, eu queria ver se tinha algum jeito de contornar essa nova exigência do testamento. Quando meu advogado esgotou todos os recursos, eu planejei te contar. Quando cheguei em casa, encontrei você no banheiro, chorando, desesperada, declarando guerra aos preservativos. Os dias se passaram, e isso simplesmente não pareceu mais importante.

— Isso não é desculpa.

— Eu sei. Mas é a verdade, Samantha. Foi só na semana passada, quando falei com o advogado do meu pai, que pensei que precisava te contar. Mas o risco de te perder me impediu. — Blake tentou tocá-la de novo; dessa vez ela não se encolheu. Seus olhos suplicantes procuravam os dela. — Me desculpe. Eu devia ter feito muitas coisas de um jeito diferente. E, se você me der outra chance, prometo nunca mais esconder nada de você.

O lábio inferior de Samantha começou a tremer, e ela o mordeu para controlar o tremor. A explicação de Blake, suas motivações eram compreensíveis. Mas a verdade era que o casamento deles ainda era de conveniência — destinado a acabar em mágoa. Fosse já ou mais tarde, tinha uma data para terminar. Samantha não podia mais viver com essa incerteza. Não era justo com nenhum dos dois — nem com o bebê.

— Você pode me perdoar? — ele pediu.

Samantha fechou os olhos e, quando os abriu, olhou profundamente para Blake.

— Eu te perdoo.

Ele começou a sorrir, mas Sam balançou a cabeça.

— Blake, espera. Eu não posso fazer isso. Eu pensei que seria capaz de brincar de casinha, de esposa e depois de um ano ir embora... só que eu não posso.

— Mas...

— Não, espera — ela interrompeu. — Eu sei que você não queria envolvimento emocional, mas eu não achei que fosse me apaixonar por você a esse ponto...

Dessa vez, quando Blake ergueu os lábios em um sorriso que chegou até o cinza cintilante de seus olhos, não houve como detê-lo.

— Você me ama? — ele sussurrou.

— É por isso que precisamos terminar tudo agora — explicou ela. Blake fechou os olhos, balançou a cabeça e soltou um suspiro.

— O quê?

— Já é difícil estar grávida. Não posso viver com essa dor no coração, essa incerteza em relação ao que você vai decidir quando o nosso contrato de casamento terminar.

Só de olhar para ele o coração de Samantha já palpitava. Como ela poderia passar os próximos oito meses pensando se ele lhe pediria para ir embora?

— Você me ouviu dizer que eu te amo?

— Sim, mas...

Dessa vez ele levou o dedo aos lábios dela e a silenciou.

— Eu te amo, Samantha Harrison. E, se você está esperando o dia em que eu te peça para sair da minha vida, pode se preparar para esperar pela eternidade. Eu já mandei o Jeff fazer o meu testamento, que dá a você e ao nosso bebê tudo o que é meu, se acontecer algo comigo.

— O quê?

Em vez de se explicar, Blake apoiou um joelho no chão, levou a mão dela aos lábios e lhe deu um beijo doce.

— Isso pode estar meio fora de lugar, mas... quer se casar comigo? Não por causa de um contrato, testamento ou dinheiro, mas porque você me ama e quer ser minha esposa agora e para sempre?

— O quê? — Sua voz baixou uma oitava, o que para ela era um tom bem grave.

— Você me faz um homem melhor, Samantha. Diga que aceita casar comigo.

— Ah, Blake — ela se ajoelhou ao lado dele. — Nós já somos casados.

Ele sorriu e pegou o rosto dela nas mãos.

— Isso é um sim?

Ela o amava tanto. Negar estava fora de cogitação.

— *Para sempre* é muito tempo.

— Muito tempo mesmo. E às vezes pode ficar uma merda. — As palavras dele fizeram Samantha recordar aquela conversa anterior.

— Só que você não vai poder voltar atrás, não importa o tamanho da merda.

Ele pousou os lábios nos dela, doce, carinhoso.

— Diga sim.

— Achei que já tivesse dito.

Blake a pegou nos braços e aprofundou o beijo. A preocupação e a mágoa dos últimos dias começaram a desaparecer, e uma vibração preencheu profundamente o ventre de Samantha.

Ela levou um susto e se afastou de Blake.

— Que foi? — ele perguntou, alarmado.

— O bebê! Eu senti o bebê!

Ela esperou, colocou a mão na barriga e sentiu a sensação vibrante de novo. Pegou a mão de Blake, mas sabia que o movimento era muito sutil para que ele percebesse.

— Acho que é a maneira de ela dizer que aprova — ele disse baixinho no ouvido de Sam.

— Ela? Você acha que é uma menina?

— Mulheres são criaturas emocionais. Usar este momento para se mostrar é o jeito dela de nos dizer para ficarmos juntos.

Sam riu.

— Você acha mesmo?

— Talvez. Ou então é um menino e está tentando chutar algum bom senso dentro de nós dois.

— Menino ou menina, tendo pais como a gente, essa criança provavelmente vai conseguir o que quer.

— Eu te amo, Samantha.

Enquanto Blake levava os lábios aos dela mais uma vez, o único pensamento de Samantha era quanto amava seu marido não mais temporário.

Epílogo

ELES DERAM AO FILHO O nome de Samuel Edmund Harrison. Samuel por causa de Samantha, porque Blake não soubera manter o zíper da calça fechado, e batizar seu filho em homenagem a Sam era algo que ele estava determinado a fazer. E Edmund por causa de seu pai, que Blake simplesmente não podia mais odiar, já que fora a razão pela qual ele e Samantha se conheceram.

— Você é um conde muito guloso, não é mesmo?

Samantha observava Eddie enquanto ele terminava o lanchinho da tarde. O médico não estava brincando quando disse que bebês mamam a cada duas horas. Ela não se importava. Bem, para ser sincera, a amamentação da madrugada pesava sobre ela, mas, ainda assim, Sam acordava e alimentava o filho com satisfação. Blake fazia sua parte: trocava as fraldas e ajudava no que podia. Ele tentara ficar acordado no começo, mas a maioria das noites adormecia ao lado de Sam enquanto ela atendia às necessidades de Eddie.

Ela ouviu passos saindo do quarto principal e se aproximando do quarto do bebê. Blake apareceu na porta com um sorriso bobo no rosto.

— Achei que ia encontrar vocês dois aqui.

Eddie ouviu a voz de seu pai e sorriu com a boca ao redor do mamilo de Sam.

— Está ouvindo o papai?

Blake entrou no quarto e se ajoelhou ao lado da cadeira de balanço. Eddie piscou com seus preciosos olhos azuis e parou de sugar.

— Timing perfeito — disse Blake, pegando o paninho no ombro de Samantha e acomodando seu filho no colo.

Sam ajeitou a blusa e notou que Blake havia trocado a roupa casual de sábado por terno e gravata.

— Você tem mesmo que ir ao escritório? — ela perguntou.

Era o aniversário de casamento deles, e a intenção era ficar em casa e jantar tranquilamente.

— Que tipo de marido iria trabalhar no primeiro aniversário de casamento?

Eddie soltou um belo arroto.

— Exatamente — disse Blake.

— Então por que você se trocou?

— Tenho uma surpresa.

Sam se levantou e estreitou os olhos.

— Que tipo de surpresa?

— Você vai ver.

Ele a pegou pela mão, a levou escada abaixo e em seguida entraram na sala de estar.

O nariz de Sam captou o cheiro de flores antes que eles entrassem. Então, ela os viu. Linda — a mãe de Blake —, Gwen, Jordan e a enfermeira particular que haviam contratado para cuidar dela em casa, Carter, Eliza e todos os empregados da casa.

— O que está acontecendo?

— Surpresa! — Jordan acenou da cadeira de rodas.

— Achei que festa surpresa era só para aniversários de nascimento, não de casamento.

Linda parou ao lado de Blake.

— Cadê o meu netinho lindo? — Tirou Eddie dos braços do pai, se inclinou e beijou Samantha no rosto, cumprimentando-a.

Blake abraçou a esposa.

— Estamos todos aqui para mais do que uma festa de aniversário de casamento.

— Ah, é?

— Sim. Estamos aqui para um casamento.

Ela estava confusa.

Epílogo

ELES DERAM AO FILHO O nome de Samuel Edmund Harrison. Samuel por causa de Samantha, porque Blake não soubera manter o zíper da calça fechado, e batizar seu filho em homenagem a Sam era algo que ele estava determinado a fazer. E Edmund por causa de seu pai, que Blake simplesmente não podia mais odiar, já que fora a razão pela qual ele e Samantha se conheceram.

— Você é um conde muito guloso, não é mesmo?

Samantha observava Eddie enquanto ele terminava o lanchinho da tarde. O médico não estava brincando quando disse que bebês mamam a cada duas horas. Ela não se importava. Bem, para ser sincera, a amamentação da madrugada pesava sobre ela, mas, ainda assim, Sam acordava e alimentava o filho com satisfação. Blake fazia sua parte: trocava as fraldas e ajudava no que podia. Ele tentara ficar acordado no começo, mas a maioria das noites adormecia ao lado de Sam enquanto ela atendia às necessidades de Eddie.

Ela ouviu passos saindo do quarto principal e se aproximando do quarto do bebê. Blake apareceu na porta com um sorriso bobo no rosto.

— Achei que ia encontrar vocês dois aqui.

Eddie ouviu a voz de seu pai e sorriu com a boca ao redor do mamilo de Sam.

— Está ouvindo o papai?

Blake entrou no quarto e se ajoelhou ao lado da cadeira de balanço. Eddie piscou com seus preciosos olhos azuis e parou de sugar.

— Timing perfeito — disse Blake, pegando o paninho no ombro de Samantha e acomodando seu filho no colo.

Sam ajeitou a blusa e notou que Blake havia trocado a roupa casual de sábado por terno e gravata.

— Você tem mesmo que ir ao escritório? — ela perguntou.

Era o aniversário de casamento deles, e a intenção era ficar em casa e jantar tranquilamente.

— Que tipo de marido iria trabalhar no primeiro aniversário de casamento?

Eddie soltou um belo arroto.

— Exatamente — disse Blake.

— Então por que você se trocou?

— Tenho uma surpresa.

Sam se levantou e estreitou os olhos.

— Que tipo de surpresa?

— Você vai ver.

Ele a pegou pela mão, a levou escada abaixo e em seguida entraram na sala de estar.

O nariz de Sam captou o cheiro de flores antes que eles entrassem. Então, ela os viu. Linda — a mãe de Blake —, Gwen, Jordan e a enfermeira particular que haviam contratado para cuidar dela em casa, Carter, Eliza e todos os empregados da casa.

— O que está acontecendo?

— Surpresa! — Jordan acenou da cadeira de rodas.

— Achei que festa surpresa era só para aniversários de nascimento, não de casamento.

Linda parou ao lado de Blake.

— Cadê o meu netinho lindo? — Tirou Eddie dos braços do pai, se inclinou e beijou Samantha no rosto, cumprimentando-a.

Blake abraçou a esposa.

— Estamos todos aqui para mais do que uma festa de aniversário de casamento.

— Ah, é?

— Sim. Estamos aqui para um casamento.

Ela estava confusa.

Sam olhou ao redor e não viu nenhum casal. Carter, Gwen e Eliza eram os únicos jovens elegíveis da sala, e estavam muito distantes um do outro.

— De quem?

— O nosso.

— Tudo bem, eu sei que a gravidez queimou alguns dos meus neurônios, mas, da última vez que eu verifiquei, nós já éramos casados.

Blake se inclinou para a frente e a beijou. Quando afastou os lábios dos dela, explicou:

— No ano passado, privamos todos os nossos amigos e familiares de testemunhar o nosso casamento. Nós dois sabemos a razão disso... mas não quero que ninguém questione o meu amor por você novamente. A partir de hoje, vamos renovar nossos votos em um estado diferente a cada ano.

Sam fez sua boca de peixe.

— Todo ano?

— Não é romântico? — disse Gwen ao lado dela.

— E, quando esgotarmos os estados aqui, vamos para a Europa.

Uma onda de lágrimas se acumulou nos olhos de Sam enquanto ela encarava seu marido, incrível e amoroso.

— Você é louco, sabia?

— Eu usaria palavras mais específicas que essa — disse Carter.

— Mas não agora! Tem um bebê na sala. — Eliza fez o sinal de "não" com o dedo para Carter e ganhou uma piscadinha.

— Um casamento por ano? — Samantha perguntou.

Blake assentiu.

— Simples ou elaborado, como você quiser. Cada ano um de nós planeja, ou podemos deixar o trabalho nas mãos de alguém.

Gwen bateu palmas.

— Ah, eu quero planejar o do próximo ano. Tenho o tema perfeito para um casamento no Texas.

— Tema?

— Fico com o quinto, no Havaí — disse Eliza.

Ah, Senhor, aquele bando de malucos estava caindo de cabeça naquilo. Bem como ela fizera quando dissera "sim" para Blake pela primeira vez.

— Quer saber? Estou dentro.

— Essa é a minha garota!

Blake a puxou para perto; o calor e o conforto de seus braços ao redor dela eram como um cobertor.

— Vou dizer ao pastor que estamos quase prontos — Eliza anunciou enquanto se afastava.

— Vou checar o bufê — disse Mary, dirigindo-se à cozinha.

— Quando você planejou tudo isso? — perguntou Sam, depois que todos saíram da sala.

— Você e o Eddie dormem muito.

Sam riu e, pouco depois, tentou esconder um bocejo com a mão.

— O médico disse que o Eddie deve dormir a noite toda a partir do terceiro mês.

Blake lhe deu um beijou na testa.

— Só não durma antes de dizer "sim".

Samantha pôs a palma da mão no rosto de Blake e se ergueu na ponta dos pés.

— Ah, sim! Mil vezes sim!

E então selou seu voto com um beijo de arrepiar.

Agradecimentos

Preciso reservar um momento para mandar um grande abraço a Crystal Posey — também conhecida como a deusa de todas as coisas relacionadas a sites e capas de livros. Sei que você estava apreensiva com esta capa, mas, minha nossa, você conseguiu! Dizer obrigada é pouco diante do meu reconhecimento por tudo o que você faz.

Como sempre, sou muito grata a minha parceira de crítica, Sandra Stixrude, também conhecida como Angel Martinez. Sem o seu olhar editorial, a publicação deste livro não teria sido possível.

Um viva aos meus amigos e fãs do Facebook, que me ajudaram a dar um título a este livro. Meu Deus, como eu amo as redes sociais.

Este livro foi impresso no
Sistema Digital Instant Duplex da Divisão Gráfica da
DISTRIBUIDORA RECORD DE SERVIÇOS DE IMPRENSA S.A.
Rua Argentina, 171 - Rio de Janeiro/RJ - Tel.: (21) 2585-2000